Die Leiden des jungen Werther

w·

첫사랑 컬렉션

설득
제인 오스틴

순수의 시대
이디스 워튼

위대한 개츠비
F. 스콧 피츠제럴드

젊은 베르테르의 슬픔
요한 볼프강 폰 괴테

젊은 베르테르의 슬픔

요한 볼프강 폰 괴테 지음

강명순 옮김

윌북

가엾은 베르테르의 이야기들 가운데
제가 찾아낼 수 있었던 것들을 열심히 모아
이렇게 여러분 앞에 공개합니다.
여러분은 이런 저의 노력에 고마움을 느낄 것이라 믿습니다.
아마도 여러분은 베르테르의 정신과 성품에는 감탄과 사랑을,
그리고 그의 운명에는 눈물을 금치 못할 것입니다.
만약 선한 영혼의 소유자인 당신이
베르테르와 같은 충동을 느낀다면,
부디 그의 슬픔에서 마음의 위안을 얻기 바랍니다.
그리고 혹시 운명의 장난이나 자신의 잘못으로 인해
친한 친구를 사귀지 못했다면 이 작은 책을
당신의 벗으로 삼기 바랍니다.

차례

젊은 베르테르의 슬픔 · 9

제1부

막상 떠나오고 보니 마음이 이렇게 편안한 것을. 내 소중한 친구여, 사람의 마음이란 정말 믿을 게 못 되는군! 헤어진다는 건 상상도 못 할 만큼 소중한 너의 곁을 떠나왔는데도 이렇게 기쁘다니 말이야! 그래도 너는 나를 용서해줄 거라 믿어. 너 말고 다른 사람들과의 관계는, 운명이 나를 골탕먹이려고 작심한 게 아닐까 싶을 정도로 전부 일그러졌어. 불쌍한 레오노레! 하지만 그가 그렇게 된 건 내 탓이 아니야. 행동이 천방지축인 그의 여동생한테 잠시 마음을 빼앗긴 동안 불쌍한 레오노레의 마음속에서 그런 연정이 피어나고 있을 줄 내가 어찌 알았겠어. 하지만 그렇다고 정말 나한테 일말의 책임도 없는 걸까? 혹시 내가 그의 감정을 부추긴 건 아니었을까? 천성적으로 감정을 잘 숨기지 못하는 그를 보며 그다지 웃긴 일도 아닌데 종종 웃음을 터뜨리면서 즐겼던 건 아닐까? 아니, 그런 건 아니었어. 맙소사, 또 너한테 하소연을 하고 있군! 친구, 앞으로는 절대 그러지 않겠다고 약속할게. 지금까지는 운명이 내게 안겨준 사소한 불행들을 끊임없이 곱씹었지만 그 버릇을 고쳐보려고 해. 현재를 마음껏 즐기면서 지나간 일들은 그냥 흘려보낼 작정이야. 네 말이 맞았어, 친구. 우리 인간이 왜 그렇게 됐는지는 신만이 아시겠으나, 상상력을 마구 동원해 과거의 불행했던 기억을 자꾸 헤집지 말고 그냥 무덤덤하게 현재를 살아가다 보면 분명 고통이 훨씬 줄어들 거라고 했던 거 말이야.

그리고 부탁이 하나 있어. 우리 어머니한테, 당부하신 일은 내가 지금 최선을 다해 처리하고 있으니 조만간 좋은 소식을 전해드릴 수 있을 거라고 좀 전해줘. 그 친척 아주머니를 만나 이야기해봤는데 소문으로 전해 들은 것만큼 비열한 사람은 아니었어. 성격이 좀 극성맞고 거칠기는 해도 마음씨는 아주 따뜻했어. 유산 분배가 자꾸 지연되는 데 대한 어머니의 불만을 말씀드렸더니 그간의 경위와 사정을 말해주면서 몇 가지 조건만 충족되면 전부 내주시겠다고 하셨어. 심지어 우리의 요구보다 더 내줄 용의가 있다고 하더군. 아무튼 지금 당장은 그 문제에 대해 더 이상 거론하고 싶지 않으니 우리 어머니한테는 모든 게 잘될 거라고만 전해줘. 친구, 이 사소한 일을 처리하면서 나는 새삼 깨달은 게 하나 있어. 이 세상에서는 음모나 악의보다 오해나 게으름이 더 큰 문제를 야기할 수도 있다는 거야. 적어도 음모나 악의로 인한 문제가 훨씬 적은 것은 사실이야.

어쨌든 나는 이곳에서 아주 잘 지내고 있어. 낙원 같은 이곳에서는 차라리 고독이 나에게 귀한 향유의 역할을 해주고 있어. 게다가 청춘의 계절이라 할 이 봄이 두려움에 떠는 내 마음을 온갖 풍요로움으로 포근히 어루만져주곤 해. 나무와 덤불마다 온갖 꽃이 만발했어. 오죽하면 향긋한 꽃향기의 바다를 누비며 그 속에서 온갖 자양분을 맘껏 섭취할 수 있는 한 마리 풍뎅이가 되고 싶을 정도야.

이 도시 자체는 별로 마음에 안 들지만 주변 경치 하나만큼은 기가 막히게 아름다워. 언덕들이 서로 교차되고 어우러지면서 아기자기한 계곡을 형성하고 있는데, 그 풍경이 얼마나 아름답고 다채로운지 몰라. 이미 고인이 된 M 백작이 한 언덕에 정원을 만든 것도 그 풍경에 반해서겠지. 정원 자체는 그다지 화려하지 않아. 하지만 정원에 들어서는 순간 이 정원이 원예 전문가의 손길이 아니라 자연 그대로의 풍경을 즐기려는 감수성 풍부한 사람에 의해 설계되었다는 것을 느낄 수 있지. 정원의 작고 쇠락한 정자에 앉아 있노라면 생전에 그곳을 가장 좋아했다던 백작이 떠올라 나도 모르게 눈물이 흐르곤 해. 지금은 그 정자가 나한테도 제일 좋아하는 장소가 됐어. 조만간 내가 이 정원의 주인이 될 것 같아. 이 정원을 찾은 지 며칠 안 됐는데도 정원사는 내게 상당히 호의적이야. 내가 정원을 찾는 게 싫지 않은 눈치야.

5월 10일

오늘은 기분이 정말 날아갈 것만 같아. 나는 지금 달콤한 봄날의 아침을 만끽하고 있어. 비록 내 곁에는 아무도 없지만 나는 이곳 생활이 아주 마음에 들어. 여긴 꼭 나 같은 사람을 위해 만들어진 곳 같아. 친구, 지금 나는 무척 행복해. 다만, 이곳 생활이 너무 평온해서 예술 활동에는 지장을 받고 있어. 요즘은 그림을 통 못 그리고 있어. 붓을 언제 잡아봤는지 기억이 가물가물할 정도야. 하지만 내가 지금 이 순간보다 더 위대한 화가였던 적은 없을 거야. 마을 주위 아름다운 골짜기에서 안개가 피어오르고 높이 솟은 태양이 나무 꼭대기에 머문 채 울창해서 어둡기까지 한 숲속 깊은 곳 신성한 장소에 겨우 햇살 몇 가닥을 드리울 때면 나는 물이 졸졸 흐르는 개울가에 수풀이 우거진 풀밭을 찾아가곤 해. 그곳에 드리누워 내 가까이에 있는 온갖 종류의 풀들을 관찰하노라면 눈앞에 얼마나 신기한 세상이 펼쳐지는지 몰라. 풀 줄기들 사이 작은 세상 속에서 우글거리는 수많은 곤충과 모기는 형태조차 제대로 구별하기 힘들지만 정겹기 그지없어. 또 당신의 모습을 본떠 우리를 창조하시고 영원한 기쁨 속에서 살아갈 수 있게 해주신 전지전능한 조물주의 숨결이 바로 곁에서 느껴진다니까. 친구! 주위가 차차 어둠에 물들고 나를 에워싸고 있는 세상과 하늘이 마치 연인의 모습인 양 내 마음을 완전히 빼앗아버리면 나는 그리움에 젖어 이런 생각을 해. 아, 네 마음속에서 이토록 충만하고 뜨겁게 살아 숨 쉬는 이 느낌을 종이 위에 생생하게 재현해낼 수만 있다면 얼마나 좋을까! 네 영혼이 영원한 하느님의 거울인 것처럼 그 종이가 네 영혼의 거울이 될 수 있다면 얼마나 좋을까! 친구, 하지만 이런 생각을 하면 나는 곧바로 다시 절망에 빠져버려. 자연현상의 찬란한 위용 앞에서 나는 그저 무기력한 존재에 불과하거든.

5월 12일

내 눈에는 이곳의 모든 게 낙원 같아. 이 지역을 떠돌며 사람들의 마음을 현혹하는 유령들이 있어서 그런 것인지, 아니면 내가 포근한 천국에 있는 듯한 환상에 사로잡힌 탓인지는 모르겠어. 마을 어귀에 샘터가 하나 있는데, 멜루지네(독일 민담에 등장하는 물의 요정─옮긴이)와 그 자매들처럼 나도 그 샘터에 매혹당했어. 야트막한 언덕을 내려가면 둥근 아치가 있고 거기서 스무 계단을 더 내려가면 샘터가 나오는데, 대리석 암반 틈새에서 아주 맑고 깨끗한 물이 솟아나오지. 샘터 위쪽은 나지막한 돌담이 에워싸고 있고, 주위에는 커다란 나무들이 빽빽하게 들어차 있어. 거기다 서늘한 기운까지 더해져서 어찌나 사람의 마음을 매혹시키는지 전율이 일 정도야. 나는 하루도 거르지 않고 그곳에서 한 시간쯤 앉아 있곤 해. 그럴 때면 보통 마을 아가씨들이 물을 길러 와. 물 긷는 일은 전혀 부담스럽지 않으면서도 꼭 필요한 일이었기 때문에 옛날에는 공주들까지도 직접 물을 긷곤 했지. 샘터에 앉아 있노라면 옛날 족장 시대에 일어났을 법한 장면들이 눈앞에 생생하게 그려지곤 해. 샘터에서 서로 안면을 트고 청혼을 하는 장면이나 우물가와 샘터 주변에 착한 정령들이 떠도는 장면 같은 것. 오, 이런 내 느낌에 공감할 수 없는 자는 분명히 한여름에 먼 길을 걸어와 시원한 샘물로 갈증을 달래본 적이 없는 사람일 거야.

5월 13일

　여기로 내 책을 보내주면 어떻겠느냐고? 제발 부탁인데, 책으로 나를 괴롭히지 말아줘! 더 이상 누군가의 인도나 격려, 자극 따위는 원치 않아. 내 심장은 혼자서도 충분히 요동치고 있어. 내게 지금 당장 필요한 것은 오히려 자장가야. 그리고 자장가라면 호메로스의 시구만으로도 충분해. 나의 끓어오르는 피를 진정시키기 위해 호메로스의 시구를 얼마나 읊었는지 모를 거야. 세상에 내 마음만큼 변덕스럽고 불안한 것이 또 있을까. 친구인 너한테 새삼스럽게 이런 말을 할 필요는 없겠지. 수심에 잠겼다가도 금세 방탕한 모습을 보이고 감미로운 우수에 젖어 있다가도 금세 위태로운 열정에 휩쓸리는 내 모습을 수없이 지켜봤으니 말이야. 나 스스로도 내 마음을 아픈 아이처럼 여겨 제멋대로 흘러가도록 그냥 내버려두고 있어. 그래도 이런 말을 다른 사람한테는 하지 말아줘. 이런 나를 곡해하는 사람이 있을 수도 있으니까.

5월 15일

　이곳 평민들 가운데 벌써 나와 안면을 트고 호의적으로

대하는 사람이 몇몇 생겼어. 특히 어린아이들이 그래. 다만 한 가지 슬픈 사실을 깨달았어. 처음 내가 이곳에 와서 사람들한테 스스럼없이 다가가 이것저것 물었을 때 몇몇 사람들이 자신을 놀린다고 생각했는지 퉁명스럽게 대하더군. 하지만 나는 그런 일로 기분이 상하지는 않았어. 이미 여러 번 경험했던 것을 이번에 확실하게 느낀 것뿐이니까. 지체 높은 사람들은 대부분 신분이 낮은 사람들을 가까이하면 권위가 손상된다고 생각하는지 늘 평민들과 냉정하게 거리를 둬. 어디 그뿐인가. 겉으로는 겸손한 척하면서 불쌍한 서민들을 상대로 오만을 부리는 천박하고 사악한 인간들도 있지.

물론 나도 모든 사람이 평등하진 않고, 평등해질 수도 없다는 것을 모르는 바 아니야. 하지만 하층민들한테 존경을 받기 위해 의도적으로 그들과 일정한 거리를 유지해야 한다고 믿는 것은 패배가 두려워 적을 보고 미리 몸을 숨기는 겁쟁이들이나 하는 비겁한 짓이야.

얼마 전 샘터에 갔다가 젊은 하인을 봤어. 그가 계단 맨 아래쪽에 내려놓은 물동이를 머리에 이는 걸 도와줄 사람을 찾아 주위를 두리번거리는 것을 보고 내가 계단을 내려가 물었지.

"아가씨, 도와줄까요?"

그러자 하인이 얼굴을 붉히며 대답했어. "아뇨, 아뇨. 괜찮습니다!"

"사양할 것 없어요."

그제야 그가 머리에 똬리를 반듯하게 올려놓더군. 내 도움으로 물동이를 머리에 인 후 그는 고맙다는 인사를 남기고 계단을 올라갔어.

5월 17일

이곳에 와서 다양한 사람들을 만났지만 아직까지 친구라고 부를 만한 사람은 못 만났어. 내가 인간적으로 어떤 매력이 있는지는 모르겠으나 나를 좋아해주는 사람들도 많고 따르는 사람들도 생겼어. 그러나 우리의 만남이 그리 길지 않을 것을 알기에 벌써 마음이 아파. 이곳 사람들이 어떠냐고 묻는다면 세상 여느 곳과 다를 바 없다고 대답할 수밖에! 사람들이 살아가는 모습은 어디나 비슷한 것 같아. 그들은 보통 생계를 해결하는 데 대부분의 시간을 쓰지. 그러다 잠깐이라도 여가 시간이 주어지면 지레 겁을 먹고 거기서 벗어나려 발버둥을 쳐. 아, 인간의 운명이란!

그렇지만 이곳 사람들은 정말 선량해! 그들과 어울려 아직까지 인간에게 허용된 이런저런 기쁨을 누리다 보면 종종 내가 누군지도 잊어버릴 정도야. 우린 정성껏 차린 식탁에 둘러앉아 거리낌 없이 솔직하게 농담을 주고받거나 마차를 타고 산책을 나가. 또 기분이 내키면 무도회를 열기도 해. 그런 일들은 내게도 많은 도움이 돼. 하지만 내 안에 아직 활용되지 못한 채 녹슬어가고 있는 다른 힘들이 많이 남아 있다는 생각을 해서는 안 돼. 설령 그런 힘이 남아 있다손 쳐도 사람들한테 그걸 들키지 않도록 조심해야 해. 가끔 그런 생각이 들 때면 가슴이 답답해져. 하지만 어쩌겠어! 오해를 받는 것 또한 우리 같은 사람들의 운명인 것을.

아, 청춘 시절 내가 알던 여자 친구가 세상을 떠나다니 어떻게 그런 일이! 한때는 정말 친한 사이였는데! 나 자신에게 이렇게 말하고 싶어. '너는 정말 바보 멍청이야! 이 세상에 존재하지 않는 것을 찾고 있잖아!' 하지만 그는 한때 내 사람이었어. 나는 그의 심장과 그의 고상한 영혼을 느꼈어. 그의 영혼과 함께할 때면 내가 실제의 나보다 더 위대하게 느껴졌지. 내가 원하는 모든 것이 될 수 있었거든. 아, 그때는 내 영혼의 힘들 가운데 쓰이지 않고 남아 있는 게 단 하나도 없었어. 그 앞에서는 내 마음속에서 자연을 다 품을 수 있을 만큼 놀라운 감성이 활짝 피어났지. 우리의 만남은 가장 섬세한 감성과 지극히 예리한 지성이 하나로 짜인 영원한 직조물이었어. 비록 극단적 일탈로 보일 만큼 다양한 변화를 겪기는 했지만 그 모든 것은 천재의 징표였다고 볼 수 있어. 그런데 지금! 아, 나보다 몇 년 일찍 세상에 나왔다고 나보다 먼저 저세상으로 떠나다니. 나는 절대 그를 잊지 못할 거야. 특히 그의 강직한 성품과 숭고한 인내심을.

며칠 전에는 V라는 젊은 친구를 만났어. 정직하고 얼굴도 아주 잘생긴 청년이야. 대학을 갓 졸업했는데, 본인이 특출하게 똑똑한 건 아니지만 지식만큼은 남들한테 뒤지지 않는다고 자부하더군. 게다가 여러 측면에서 경험해본 바에 의하면 성실함도 갖췄어. 한마디로 아주 박학다식한 인재라 할 수 있지. 그런데 어디선가 내가 그림도 그리고 그리스어도 할 줄 안다는 (이 두 가지는 우리나라에서 진기한 일이긴 하지!) 소문을 듣고 나를 찾아왔더군. 그 자리에서 그는 바퇴(샤를 바퇴. 프랑스 철학자, 평론가─옮긴이)부터 우드(로버트 우드. 영국 평론가─옮긴이)까지, 또 드 필(로제 드 필. 프랑스 화가, 평론가─옮긴이)부터 빙켈만(요한 빙켈만. 독일 미술고고학자─옮긴이)까지 자신이 알고 있는 지식이란 지식은 전부 늘어놓았어. 또 슐처(요한 게오르크 슐처. 스위스 철학자─옮긴이)의 이론 1부를 완독했을 뿐만 아니라 하이네(크리스티안 고틀로프 하이네. 독일 고전어문학자─옮긴이)의 고대 연구 필사본도 소장하고 있다고 자랑하더군. 나는 그의 이야기를 가만히 듣고만 있었어.

그 젊은이 말고 또 다른 멋진 분도 알게 됐어. 영주 밑에서 일하는 행정관이신데, 정직하고 충직한 분이야. 그분이 아홉 명이나 되는 자녀들에게 둘러싸여 있는 모습을 보면 다들 마음이 따뜻해진다고 하더군. 특히 그분 맏딸에 대한 칭찬이 자자해. 그분이 나한테 집으로 놀러 오라고 초대했기 때문에 조만간 한번 찾아뵐 생각이야. 현재 그분은 시내에서 한 시간 반 정도 거리에 있는 영주의 수렵용 별장에서 살고 있어. 부인과 사별한 후 시내에 있는 관사에서 지내는 게 너무 마음 아파서 영주님께 부탁해 그곳으로 이사했다고 하더군.

정말 마음에 안 드는 별난 사람들도 몇 명 만났어. 제일 역겨운 것은 그런 사람들이 나랑 꽤나 가까운 친구인 척하는 거야.

잘 있어! 아마 이 편지는 네 마음에 들 거야. 장황한 넋두리 없이 사실만으로 가득하니 말이야.

5월 22일

수많은 사람이 인생은 한낱 꿈에 지나지 않는다고 말했지. 그런데 나 역시 어딜 가든 그 생각이 머리에서 떠나지 않아. 아무리 열심히 일하고 연구해도 우리 인간은 언젠가 한계에 부딪치기 마련이야. 인간의 모든 활동 역시 결국 우리의 가련한 목숨을 연장하는 것 말고는 아무 목적도 없는 욕망의 충족으로 귀결되지. 언젠가 자신의 탐구에 만족하는 순간이 온다 해도 그건 단지 우리를 가두고 있는 감방 벽에 온갖 형상들과 밝은 풍경을 그려놓은 것 같은 몽환적 체념에 불과해. 빌헬름, 그런 깨달음이 찾아올 때면 나는 말문이 막혀. 그리고 새로운 세상을 발견하기 위해 내면 깊숙이 침잠하곤 해! 물론 그 세상은 사실적인 묘사나 생생한 힘이 넘치는 것이 아니라 모호한 예감과 욕망이 지배하는 곳이야. 모든 것이 몽롱한 감각으로 느껴질 때 나는 꿈을 꾸며 세상을 향해 미소를 짓는 거야.

학식이 높은 학교 교사들이나 가정교사들은 이렇게 말해. 아이들은 뭔가를 원하면서도 자신이 무엇 때문에 그걸 원하는지 모른다고. 하지만 어른들이라고 다를 게 없어. 어른들 역시 아이들과 마찬가지로 비틀거리며 이 지상을 헤매고 있어. 자신들이 어디에서 와서 어디로 가는지도 모르고 삶의 진정한 목적이 뭔지도 모르는 채 때로는 비스킷이나 과자에, 때로는 자작나무 회초리에 지배당해 행동하는 거지. 아무도 이 사실을 믿으려 하지 않겠지만 내가 보기엔 이건 명명백백한 사실이야.

네가 어떤 식으로 내 말에 반박할지 충분히 예상할 수 있어. 아마 너는 아이들처럼 하루하루를 살아가는 사람들이 세상에서 가장 행복할 거라고 말하겠지. 옷을 입혔다 벗겼다 하면서 인형놀이를 하거나, 엄마가 달콤한 쿠키를 넣어 둔 서랍 주위를 얼쩡거리다 원하는 것을 손에 넣자마자 곧바로 한입에 털어 넣고 우물거리면서 더 달라고 소리치는 아이들 말이야. 그들은 정말 행복한 존재들이야. 또한 자신이 하는 일이 인류의 행복이나 안녕에 지대한 영향을 미친다고 믿으면서 별거 아닌 하찮은 일이나 정열에 거창한 이름을 붙이는 사람들 역시 복 받았어. 그렇게 할 수 있는 자들은 복되도다! 하지만 세상만사가 어떤 결과에 이르게 될지 겸허한 마음으로 지켜보는 사람들도 있어. 그들은 행복한 시민은 자신의 작은 정원을 낙원으로 가꾸기 위해 아주 열심히 일하고, 불행한 사람 역시 비록 무거운 짐에 짓눌리면서도 꾸준히 제 길을 걸어간다는 것을 알고 있어. 또한 그 어느 쪽이든 햇빛을 단 1분이라도 더 보기 위해 애쓴다는 것도 잘 알고 있어. 맞아, 그런 사람이라면 묵묵히 자신의 세계를 일구어가면서 인간으로 태어난 것을 행복해하지. 그리고 아무리 속박당해도 자신의 마음속에 늘 자유라는 달콤한 감정을 간직하고 있어. 그래서 본인이 원하기만 하면 언제든 그 감옥에서 벗어날 수 있지.

5월 26일

이미 너는 오래전부터 내가 어떤 곳에 정착하고 싶어했는지 잘 알 거야. 그저 내 마음이 이끌리는 곳이라면 어디든 괜찮다고 했지. 나는 그런 곳에 작은 오두막을 한 채 짓고서 완전히 금욕적인 삶을 살고 싶었어. 그런데 이곳에서도 내 마음에 꼭 드는 장소를 발견했어.

시내에서 한 시간쯤 떨어진 곳에 발하임(부득이하게 편지 원문에 나오는 원래의 지명을 바꿔놓았으니, 독자 여러분은 부디 여기서 언급되는 장소가 어디인지 알아내려고 애쓰지 않기를 바랍니다—원주)이라는 마을이 있어. 언덕바지에 자리 잡고 있는 정말 흥미로운 곳이야. 오솔길을 올라가다 보면 어느 순간 골짜기 전체를 한눈에 굽어 볼 수 있는 지점에 마을이 자리하고 있어. 그 마을에 가면 인심도 넉넉하고 나이에 비해 성격도 괄괄한 여주인이 직접 포도주와 맥주, 커피를 따라주는 식당이 있어. 그 마을에서 제일 근사한 것은 보리수나무 두 그루야. 그 앞쪽에 농가와 창고와 마당들에 둘러싸인 자그마한 광장이 있는데, 보리수나무에서 길게 뻗어 나온 가지들이 광장에 그늘을 드리우고 있어. 그토록 정겹고 친숙한 느낌이 드는 장소는 정말 찾기 힘들어. 그래서 나는 식당에 가면 작은 탁자와 의자를 그곳으로 내오게 해서 커피를 마시며 호메로스를 읽곤 해. 나는 어느 화창한 날 오후에 우연히 그 광장을 발견했어. 내가 처음으로 그 나무 밑에 들어선 날 광장은 무척 고즈넉했지. 다들 들판에 일을 하러 나가고 네 살가량 된 남자아이만 6개월쯤 된 아기를 다리 사이에 낀 채 땅바닥에 앉아 있었어. 아기를 양팔로 감싸 안은 뒤 자기 가슴팍에 기대게 해 안락의자처럼 받쳐주고 있었어. 그러고는 조용히 앉아서 검고 초롱초롱한 눈으로 주위를 두리번거리더군. 그 모습을 보니 어찌나 마음이 흐뭇하던지. 나는 맞은편에 놓인 쟁기에 걸터앉아 흡족한 마음으로 두 형제의 모습을 그렸어. 아이들 뒤쪽으로 보이는 울타리와 창고의 문, 부서진 수레바퀴 등의 주변 풍경도 같이 그렸지. 한 시간쯤 흘렀을 때 보니 나의 주관적 생각은 완전히 배제된, 구도가 잘 잡힌 그럴듯한 그림이 완성돼 있었어. 그걸 보고 앞으로는 단지 자연에만 의지해 그림을 그려야겠다는 결심을 더욱 굳혔다네. 오로지 자연만이 무한히 풍요롭고, 오로지 자연만이 위대한 예술가를 탄생시키는 것 같아. 물론 예술의 규범이 갖는 장점들도 많지. 시민사회에 칭송할 장점이 많은 것처럼. 예술의 규범을 잘 지키는 사람은 절대 유치하거나 조악한 작품을 만들지 않거든. 법규와 예의범절을 지켜 행동하는 사람은 절대 몰상식한 이웃이나 끔찍한 악당이 될 수 없는 것과 마찬가지야. 그러나 규범이라는 것은 결국 자연스럽게 우러나오는 진실한 감정과 그 감정의 표현을 파괴해버려! 어쩌면 너는 이렇게 반박할지도 모르지. "그건 말이 좀 지나치군. 규범은 단지 제멋대로 자란 넝쿨을 보기 좋게 잘라내는 것뿐이야"라고. 그렇다면 친구, 내가 비유를 하나 들어볼게. 이건 사랑의 문제랑 비슷해. 어느 아가씨에게 반한 젊은이가 매 순간 제 진심을 보여줄 요량으로 온종일 그 여자 곁을 맴돌면서 자신이 가진 모든 에너지와 재산을 쏟아붓는다고 쳐. 그러자 어느 고루한 인간이, 그것도 공직에 있는 사람이 그 젊은이를 찾아와 이렇게 말하는 거야. "이보게 젊은이, 사랑도 인간이 하는 일이니 인간적인 방식으로 해야 하네! 즉, 자네의 시간을 잘 쪼개서 일부는 일하는 데 쓰고 남는 시간을 그 아가씨한테 쓰도록 하게. 또 자네가 가진 재산도 잘 헤아려서 꼭 필요한 생활비를 충당하고도 돈이 남으면 선물하는 것을 말리지는 않겠네. 물론 너무 자주 하지는 말고 그 아가씨의 생일이나 수호성인의 날 같은 때만 하란 말일세." 만약 그 젊은이가 공직자의 말을 따른다면 그는 쓸모 있는 인간이 될 거야. 그럼 내가 발 벗고 나서서 제후들에게 그 젊은이를 관리로 등용해주십사 청원이라도 드릴 테고. 그러나 그걸로 젊은이의 사랑은 끝이지. 그 젊은이가 예술가라면 그의 예술도 끝나는 거고. 오, 친구들! 어째서 천재의 물줄기는 그리 드물게 분출되는 걸까? 어째서 그 물줄기가 도도하게 흘러넘쳐 너희들의 영혼을 뒤흔들고 일

깨우는 것이 그리 힘든 걸까? 사랑하는 친구들이여! 그건 물줄기 양편 기슭에 냉정한 신사들이 살고 있기 때문이야. 혹시 자신들의 정자와 튤립 화단과 텃밭이 물살에 휩쓸리면 어떡하나 걱정돼서 미리미리 둑을 쌓고 배수로를 만들어 미래에 닥칠 위험을 예방하는 사람들 말이야.

5월 27일

쓸데없이 흥분해 비유와 장광설을 늘어놓느라 광장의 아이들이 그 뒤로 어떻게 됐는지 이야기하는 것을 깜박했군. 어제 보낸 편지에서도 살짝 언급했듯이 나는 쟁기에 걸터앉아 거의 두 시간이나 그림 그리는 데 몰두했어. 저녁때쯤 팔에 바구니를 건 젊은 여인이 멀리서부터 "우리 필립스, 정말 장하구나"라고 소리치면서 얌전히 앉아 있는 아이들 쪽으로 다가왔다네. 그 여인이 내게도 인사를 건네는 바람에 나는 자리에서 일어나 답례를 했어. 그리고 가까이 다가가 아이들 엄마냐고 묻자 그렇다고 하더군. 여인은 큰애한테 빵을 절반 뚝 떼어주고 작은애를 안아 올려 더없이 자애로운 엄마의 사랑으로 입을 맞춘 다음 이렇게 말했어.

"필립스한테 아기를 맡겨놓고 저는 맏이만 데리고 흰 빵과 설탕, 질그릇으로 만든 죽 냄비를 사러 시내에 다녀오는 길이에요." 얼핏 보니 뚜껑이 떨어져 나간 바구니 속에 그가 말한 물건들이 보이더군. "저녁에 한스(막내 아이의 이름이었어)한테 수프를 끓여주려고요. 개구쟁이 만이하고 필립스가 어제 남은 죽을 놓고 서로 다투다가 그만 냄비를 깨뜨렸지 뭐예요."

만이는 지금 어디 있냐고 물으니, 풀밭에서 거위를 쫓아 다니며 놀고 있다고 하더군. 여인의 말이 채 끝나기도 전에 어디선가 만이가 튀어나와 둘째한테 개암나무 가지를 건넸어. 대화를 통해 여인의 부친은 학교 교사이고 남편은 사촌의 유산을 물려받기 위해 스위스에 갔다는 사실을 알게 됐지.

"친척들이 죄다 제 남편을 속이려 했어요. 몇 번 편지를 보냈지만 답장도 안 해줘서 직접 찾아간 거예요. 제발 나쁜 일이 없어야 할 텐데. 아직 남편한테서는 아무런 소식도 없어요."

그 여인과 그대로 헤어지기가 섭섭해 나는 아이들한테 용돈으로 1크로이처씩 나눠줬어. 막내 몫의 1크로이처는 아이 엄마에게 직접 건네면서 시내에 나가게 되면 수프에 곁들일 빵을 사는 데 쓰라고 했지. 우리는 그렇게 작별인사를 나누고 헤어졌어.

친구, 너한테만 하는 말인데, 기분이 한없이 가라앉을

때 그런 사람을 보면 마음에 많은 위로가 돼. 자신의 작은 생활 반경 안에서 평탄하고 행복한 나날을 보내는 사람, 낙엽이 지는 것을 보고는 겨울이 다가온다는 것 외에 별다른 생각을 하지 않는 사람들 말이야.

그날 이후로 나는 교외에 있는 그곳을 자주 찾곤 해. 그새 아이들하고도 정이 많이 들었어. 커피를 마실 때면 아이들한테 설탕을 나눠 주고, 저녁에는 버터빵과 발효우유를 같이 나눠 먹어. 또 일요일에는 꼬박꼬박 용돈으로 1크로이처씩 주고. 예배가 끝났을 때 내가 그 자리에 없을 상황이면 식당 여주인한테 돈을 맡겨두지.

아이들은 이제 온갖 이야기를 다 털어놓을 정도로 나를 허물없이 대해. 특히 동네 아이들이 모여서 자신의 열정과 욕구를 소박하게 밝힐 때가 있는데, 그런 모습을 지켜보는 것이 내게 큰 즐거움이 됐어.

아이들 엄마들이 혹시 아이들이 나를 귀찮게 할까 봐 걱정하는데 나한테는 그 여자들을 안심시키는 게 더 힘든 일이야.

5월 30일

일전에 내가 미술에 관해 했던 이야기 있잖아. 내 생각에 그건 시문학에도 해당되는 듯해. 시에서 중요한 것은 핵심을 파악해 표현하는 거야. 당연히 적은 단어로 많은 것을 압축적으로 드러내는 게 관건이지. 오늘 내가 본 광경을 제대로 묘사할 수만 있다면 그건 아마 세상에서 가장 아름다운 전원시가 될 거야. 하지만 시니 무대니 전원시니 하는 것들이 다 무슨 소용이겠어. 자연현상을 보고 있는 그대로 받아들이면 되지, 굳이 그걸 인위적으로 가공할 필요가 있을까?

서론이 너무 거창해졌군. 그렇다고 뭔가 탁월하고 특별한 내용을 기대했다면 다시 실망할지도 모르겠어. 내 마음을 이토록 강렬하게 사로잡은 것은 한낱 농가의 일꾼에 불과하니까. 늘 그랬듯이 내가 두서없이 이야기를 늘어놓으니 너는 아마 또 과장하는 버릇이 나왔다고 생각하겠지. 이 이야기도 발하임에서 일어난 일이야. 이런 진기한 일이 발하임 말고 또 어디서 일어나겠어.

오늘 보리수나무 그늘에 몇 사람이 모여 커피를 마시더군. 그런데 나는 거기 끼기 싫어서 적당한 핑계를 대고 떨어져 있었어.

그때 이웃 농가에서 한 젊은이가 나오더니 얼마 전 내가 그림에 담았던 쟁기를 손보기 시작했어. 나는 그 모습에 이끌려 가까이 다가가 말을 걸었지. 신상에 관해 이것저것 묻다 보니 우린 금세 친해졌어. 평소 이런 부류의 사람들과 어울릴 때 늘 그랬듯이 나는 이내 그 젊은이하고도 속내를 털어놓는 사이가 됐어. 그는 어느 과부집에서 일하는데, 여주인의 총애를 받는 일꾼이라고 자랑하더군. 그의 입에서 여주인의 이야기가 끊이지 않았을 뿐더러 모든 이야기가 칭찬으로 끝나는 걸 보고 나는 그가 여주인을 온 마음으로 연모하고 있다는 것을 눈치챘어. 그 과부는 이미 젊은 나이도 아닌데다 첫 남편한테 하도 구박을 받고 살아서 재혼에 뜻이 없다고 했어. 하지만 여주인의 아름다움과 매력에 흠뻑 빠진 그는 은연중에 속내를 내비치더군. 그 여인이 첫 남편과의 악몽 같은 결혼생활을 잊기 위해서라도 제발 자기를 선택해 줬으면 하고 바라는 거야. 그 젊은이가 느낀 순수한 이끌림과 사랑과 신의를 제대로 전달하려면 그가 했던 말을 한마디도 빼지 않고 고스란히 반복해야만 해. 또한 그의 몸짓과 표정, 낭랑한 목소리, 눈빛에 담긴 은밀한 열정을 생생하게 묘사하려면 위대한 시인의 재능이 필요해. 아니, 이 세상의 그 어떤 말로도 그의 전 존재와 표현에서 느껴지는 다정다감함을 표현할 순 없어. 설령 내가 똑같이 반복한다 해도 어설픈 표현이 될 뿐이야. 혹시 내가 두 사람의 관계를 불륜으로 보지 않을까, 여주인의 행실을 부도덕히게 어기지 않을까 우려하는 젊은이의 태도에 나는 큰 감동을 받았어. 젊음이라는 매력 없이도 그의 마음을 강렬하게 사로잡은 여주인의 외모와 자태에 대해 이야기할 때의 그 풋풋한 모습이라니. 나는 단지 내 마음 제일 깊은 곳에서만 그 모습을 재현할 수 있어. 나는 이제껏 살면서 주체할 수 없는 욕망과 애끓는 그리움을 이토록 순수하게 표현하는 사람을 본 적이 없어. 아니, 이토록 순수한 욕망이 있을 거라곤 상상조차 해본 적 없지. 순수하고 진실한 그 친구의 모습을 떠올리면 내 영혼의 가장 깊은 곳이 뜨겁게 달아올라. 또 어디를 가도 그의 충직하고 다정한 모습이 머리에서 떠나지 않아. 마치 그의 마음속 불씨가 나한테 고스란히 옮겨붙은 것처럼 나 역시 그리움에 애가 탄다는 걸 네게 털어놓는다고 부디 나를 책망하지는 말아줘.

　조만간 그 여인을 직접 만나보고 싶어. 아니, 곰곰이 생각해보니 그러지 않는 편이 더 좋겠군. 연인의 눈을 통해 보는 것이 훨씬 나을 거야. 그 여인을 내 눈으로 직접 보게 되면 상상으로 그리던 모습과는 사뭇 다를 테니까. 굳이 이 아름다운 환상을 깨뜨릴 필요가 있을까?

6월 16일

요즘 왜 편지를 안 보내느냐고? 그런 질문을 하는 걸 보니 너도 별수 없네. 무소식이 희소식이라는 말도 모르는 거야? 간단히 말할게. 요즘 어떤 사람을 하나 알게 됐는데, 그 사람과의 만남에 온 정성을 쏟느라 편지 쓸 겨를이 없었어. 그러니까 내 말은……. 아, 잘 모르겠어.

일이 어쩌다 그렇게 됐는지 조리 있게 설명하는 것이 쉽지 않군. 세상에서 제일 사랑스러운 여자를 만나게 된 경위 말이야. 지금 나는 마음이 너무 설레고 행복해서 훌륭한 역사가처럼 차분하게 지난 일을 기술하기가 힘들어.

그 여인은 천사야! 휴! 누구나 제 여자를 그렇게 부르지. 안 그래? 하지만 그 여인이 얼마나 완벽한지, 또 왜 그렇게 완벽한지 표현할 방법이 없는걸. 아무튼 그에게 내 마음을 송두리째 빼앗긴 것은 분명해.

그는 아주 지적이면서 천진하고, 강인하면서도 선량한 마음씨를 갖고 있어. 또 성격이 활달하고 활동적이면서 늘 평정심을 유지하지.

하지만 그에 대해 무슨 말을 하든 조야하고 추상적인 나의 표현력으로는 그의 진정한 모습을 제대로 담아낼 수가 없어. 그러니 다음에 이야기할게. 아니, 그럴 게 아니라 지금 당장 이야기하는 게 낫겠어. 지금 이야기하지 않으면 다시는 하지 못할 것 같아. 우리끼리 하는 말이지만, 이 편지를 쓰기 시작한 이후로 나는 벌써 세 번이나 펜을 내려놓고 말에 안장을 채워 외출하려 했어. 사실 아침에 오늘은 절대 외출하지 않겠다고 굳게 마음먹었는데도 시시때때로 창가로 다가가 해가 아직 높이 떠 있는지 확인했을 정도야.

결국 마음을 진정시키지 못한 나는 그를 만나러 갈 수밖에 없었어. 빌헬름, 나는 방금 전에야 다시 돌아와 야식으로 버터빵을 먹으며 이 편지를 쓰고 있어. 나에게 그가 사랑스럽고 명랑한 여덟 명의 동생들한테 둘러싸인 모습을 바라보는 것만큼 큰 기쁨은 없을 거야.

계속 이런 식으로 편지를 쓰면 너는 아마 영문을 몰라 어리둥절하겠지. 이제부터 자초지종을 이야기해줄 테니 잘 들어봐.

지난번에 보낸 편지에서 S라는 이름의 행정관을 만났다고 했지. 그때 그분이 자신의 은둔처로, 아니 작은 왕국이라고 부르는 게 더 적절한 자신의 집으로 한번 놀러 오라고 했는데, 차일피일 미루고 초대에 응하지 못했어. 그 조용한 곳에 숨겨져 있는 보물을 우연히 발견하지 못했더라면 아마 나는 영영 그곳을 방문하지 않았을 거야.

얼마 전 이곳 젊은 친구들이 무도회를 연다고 해서 나도 기꺼이 참석하기로 한 적이 있어. 그때 착하고 예쁘지만 그 외에는 평범한 어느 아가씨에게 파트너가 되어달라고 부탁했지. 나는 마차를 준비해 그 아가씨와 그의 사촌언니를 태우고 무도회장으로 향했어. 가는 도중에 샤를로테 S라는 아가씨도 함께 태워가기로 했어.

"아름다운 아가씨를 만나게 되실 거예요."

마차가 나무를 베어내 탁 트인 숲을 지나서 수렵용 별장을 향해 다가갈 때 내 파트너가 그렇게 말하더군.

"사랑에 빠지지 않도록 조심하세요." 그의 사촌언니가 한마디 거들었어.

"무슨 말씀인가요?"

내 질문에 사촌언니는 이렇게 대답했지. "그 아가씨는 이미 아주 멋진 남자랑 약혼했거든요. 약혼자는 부친이 돌아가시는 바람에 지금 그 뒤처리도 하고 괜찮은 일자리도 알아볼 겸 다른 곳에 가 있지만요."

나는 그 이야기를 그냥 한 귀로 흘려들었어.

산등성이 너머로 해가 넘어가기 15분쯤 전에 우린 그의 저택 정문 앞에 도착했어. 날씨가 몹시 후텁지근했어. 지평선 주위로 시커멓게 몰려 있는 먹구름을 보고 여자들은 갑자기 뇌우가 몰려올까 봐 전전긍긍했어. 나는 날씨에 대해 좀 아는 척하면서 여자들의 걱정을 덜어주려 애썼어. 그러나 나 역시 내심 이러다 정말 무도회가 취소되는 게 아닐까 걱정했지.

내가 마차에서 내리는 걸 보고 하인이 정문으로 마중 나왔어. 로테 아가씨는 곧 나오실 테니 잠시만 기다려달라고 하더군. 나는 마당을 가로질러 아주 튼튼하게 지어진 저택을 향해 걸어갔어. 그리고 계단을 올라가 현관문 안으로 들어서는 순간 생전 처음 보는 근사한 광경과 맞닥뜨렸지. 거실에 두 살부터 열한 살까지의 어린아이 여섯 명이 어떤 아름다운 아가씨를 에워싸고 있는 거야. 키는 보통이고 소매와 가슴에 분홍색 리본이 달린 수수한 흰색 옷을 입고 있었어. 자신을 에워싸고 있는 아이들에게 나이와 식성에 따라 손에 들고 있는 검은 빵을 한 조각씩 잘라서 나눠 주는데, 그 모습이 어찌나 다정해 보이던지. 아이들은 미처 빵을 다 자르기도 전에 고사리손을 높이 쳐들고 있다가 빵 조각을 손에 쥐면 천진난만하게 "고맙습니다!"라고 외쳤어. 저녁식사용 빵을 받아 든 아이들은 만족한 표정으로 로테가 타고 갈 마차와 낯선 사람들을 구경하기 위해서 대문을 향해 사라졌어. 몇몇 아이는 펄쩍펄쩍 뛰면서, 성격이 차분한 몇몇은 조용히 걸어서 나갔지.

"번거롭게 집 안까지 들어오시게 하고, 숙녀 분들도 기다리게 해서 정말 죄송해요." 그가 말했어. "옷도 갈아입고, 외출하기 전에 처리해야 할 집안일을 하다 보니 동생들한테 저녁식사용 빵을 주는 걸 깜빡했지 뭐예요. 아이들이 다른 사람한테서는 빵을 받으려 하지 않거든요."

나는 의례적인 말로 뭐라뭐라 대꾸했지만 내 마음은 벌써 그의 외모와 목소리와 몸짓에 온통 사로잡혀 있었어. 그가 장갑과 부채를 가지러 방으로 들어가고 나서야 비로소 나는 정신을 차릴 수 있었지. 아이들은 조금 떨어진 곳에서 나를 흘끔거렸어. 나는 그중 제일 천진난만한 표정을 짓고 있는 막내한테로 다가갔어. 그 애가 막 뒷걸음질을 치려는 순간 로테가 방에서 걸어 나오며 말했어.

"루이스, 친척 분하고 악수하렴."

그러자 소년은 스스럼없이 내게 손을 내밀었어. 아이의 코에서 콧물이 줄줄 흘러내리는데도 아랑곳하지 않고 나는 그 애의 얼굴에 진심으로 입을 맞췄어.

"친척이라고요?" 나는 로테에게 악수를 청하면서 물었어. "내가 당신의 친척이라니 이거 정말 영광인데요."

"오. 우리 집은 친척이 아주 많답니다." 그가 살짝 미소를 머금고 대답했어. "당신이 그중 제일 못된 친척이라면 정말 섭섭할 거예요."

집을 나서면서 그는 열한 살쯤으로 보이는 바로 아래 여동생 조피에게, 아이들을 잘 보살피고 말을 타고 산책 나가신 아버지가 돌아오시면 잘 맞이하라고 당부했어. 나머지 동생들한테는 조피를 자신이라 생각해 시키는 대로 말을 잘 들으라고 했지. 몇몇은 그리겠다고 약속했는데, 여섯 살쯤 되어 보이는 키 작은 금발 여자아이가 당돌한 목소리로 이렇게 말했어.

"하지만 조피 언니는 로테 언니가 아니잖아. 우리는 로테 언니가 더 좋단 말이야."

그러는 사이 제일 나이 많은 사내아이 둘이 벌써 마차 뒤쪽에 올라타 있더군. 내가 괜찮다고 하자 그는 장난치지 않고 마차를 꽉 붙잡고 있겠노라 약속하면 숲이 끝나는 지점까지 타고 가도록 허락하겠다고 했어.

우리가 마차에 올라타자마자 여자들은 서로 반갑게 인사를 나눴어. 그러고는 옷차림, 특히 모자에 대한 의견을 주고받고는 오늘 무도회에서 만나게 될 사람들에 대해 줄줄이 촌평을 늘어놓았어. 로테는 마부에게 마차를 세우라고 한 뒤 동생들을 내리게 했어. 두 아이는 누이의 손에 한 번 더 입을 맞추고 싶어 했어. 큰 녀석은 열다섯 살 사내아이답게 정중한 태도로 입을 맞추었고, 작은 녀석은 까불면서 슬쩍 입을 맞췄지. 로테가 동생들한테 한 번 더 인사를 한 후 마차는 다시 출발했어.

내 파트너의 사촌언니가 로테에게 최근에 보내준 책을 다 읽었느냐고 묻더군.

"아뇨." 로테가 대답했어. "별로 읽고 싶은 생각이 안 들더라고요. 그 책들은 다시 돌려드릴게요. 지난번 책들도 별로 좋지 않더니."

대체 어떤 책들이기에 그러는 거냐는 내 질문에 대한 로테의 대답(한낱 젊은 아가씨나 생각이 아직 정립되지 않은 젊은 청년의 평가에 신경 쓸 작가는 없을 것이라 생각하지만, 이 부분은 오해의 소지가 있어 부득이하게 편지에서 삭제합니다–원주)을 듣고 나는 무척 놀랐어. 그의 말에서 단단한 내공을 느꼈거든. 말 한마디, 한마디를 할 때마다 표정에서 새로운 매력과 정신의 광채가 퍼져 나왔어. 내가 자기 말에 공감한다는 것을 알아차리자 시간이 갈수록 그의 표정이 더 밝아졌어.

"어렸을 때는 소설을 제일 좋아했어요." 그가 말을 시작했어. "일요일이면 한쪽 구석에 앉아 미스 제니의 행복과 불행이 담긴 이야기를 읽곤 했는데, 그 즐거움은 하느님만이 아실 거예요. 아직도 그런 종류의 이야기에 마음이 끌리는 건 부정하지 않아요. 하지만 이젠 책을 읽을 시간이 점점 줄어드는 만큼 내 취향에 딱 맞는 책만 읽고 싶어요. 내가 제일 좋아하는 작가는 나의 세계를 재발견할 수 있게 해주는 작가예요. 내 주변에서 일어나는 일과 비슷한 상황을 다루기 때문에 마치 우리 집에서 일어나는 일, 내 가족의 이야기인 것처럼 내 관심과 흥미를 유발하는 작가 말이에요. 물론 우리집이 천국은 아니지만 전체적으로 보아 말로 다 표현할 수 없을 만큼 행복이 샘솟는 곳임은 분명하거든요."

나는 그의 말에 큰 감명을 받았어. 그걸 내색하지 않으려 무진장 애를 썼지만 당연히 실패했고. 로테가 지나가는 말로『웨이크필드의 시골 목사』와『○○○』(여기서도 몇몇 독일 작가들의 이름을 생략했습니다. 로테의 찬사에 공감하는 사람은 이 구절을 읽으며 그들이 누구인지를 느낄 것이고, 그렇지 않은 사람은 작가의 이름을 굳이 알 필요가 없기 때문입니다-원주)를 거론하는 순간 나는 그만 자제력을 잃고 마음속에 품고 있던 말을 전부 쏟아놓고 말았지. 잠시 후 로테가 다른 두 여자에게 말을 걸었을 때에야 비로소 나는 그때까지 그들이 눈을 휘둥그레 뜬 채 우리를 지켜보고 있었다는 것을 깨달았어. 내 파트너의 사촌언니가 두세 번 조롱하듯 나를 쳐다봤지만 나는 개의치 않았어.

화제는 춤이 주는 즐거움으로 넘어갔어. "춤에 대한 열정이 잘못인지 모르겠지만, 솔직히 고백하건대 저는 세상에 춤보다 더 좋은 건 없다고 생각해요." 로테가 말했어. "머릿속이 복잡할 때면 조율이 잘 안 된 내 피아노 앞에 앉아 대무곡對舞曲을 한 번 연주하고 나면 기분이 개운해지거든요."

대화를 나누는 동안 나는 그의 까만 눈동자에서 눈을 뗄 수 없었어. 그의 생기 있는 입술과 상큼한 뺨에 완전히 홀려버린 거지. 오죽하면 그의 말을 듣고 있다가 가끔 말을 놓칠 정도였다니까. 너만큼 나를 잘 아는 사람도 없으니 그때 내 상태가 어땠을지 충분히 짐작할 거야. 한마디로, 무도회장 앞에 도착했을 때 나는 마치 몽유병에 걸린 사람처럼 마차에서 내렸어. 어느 정도였느냐 하면, 서서히 어둠이 깔리는 가운데 환하게 불을 밝힌 홀에서 음악 소리가 흘러나오고 있었는데도 나는 그 소리를 알아차리지 못할 정도였다니까. 사촌 언니와 로테의 파트너인 아우드란 씨와 이름 모를 또 다른 신사가—모든 사람의 이름을 어떻게 다 기억하겠어—우리를 맞이하러 마차가 있는 곳까지 내려왔어. 그리고 각자 파트너를 대동해 무도회장으로 들어갔지. 나 역시 내 파트너와 함께 무도회장으로 올라갔고.

우리는 모두 함께 어울려 미뉴에트를 췄어. 나는 여러 아가씨들과 돌아가며 춤을 췄는데, 인기가 없는 아가씨들일수록 일단 파트너의 손을 잡으면 그 손을 놓아줄 생각을 하지 않더군. 로테는 파트너와 함께 영국식으로 춤을 추기 시작했어. 그가 우리 대열에 합류해 함께 춤을 추기 시작했을 때 내 기분이 어땠을지 충분히 짐작하겠지. 로테가 춤추는 모습을 직접 네 눈으로 봤어야 하는데! 그는 정말 성심성의껏 춤을 췄어. 몸과 마음이 완전히 하나로 합일된 사람처럼 거칠 것 없이 자유롭게. 춤이 세상의 전부인 것처럼. 춤 말고는 아무런 생각도 하지 않고 아무런 감각도 못 느끼는 것처럼 말이야. 그 순간 그는 다른 모든 것이 사라진 무념무상의 상태임이 확실했어.

내가 로테한테 두 번째 대무곡의 파트너가 돼달라고 부탁하자 그는 세 번째 곡의 파트너가 돼주겠다고 했어. 그는 참으로 사랑스럽고 솔직한 말투로 자기는 독일식 춤을 즐겨 춘다고 강조했어. "여기서는 독일식 춤을 출 때 원래의 파트너를 바꾸지 않는 게 관례예요." 그가 말을 이었어. "내 파트너는 독일식 왈츠에 서툴러서 춤을 한 번 쉬어도 된다고 하면 고마워할 거예요. 당신 파트너도 왈츠를 잘 못 출 뿐만 아니라 좋아하지 않는 것 같아요. 아까 영국식 춤을 출 때 보니까 당신은 왈츠 실력이 아주 뛰어나더군요. 나랑 같이 독일식 춤을 추고 싶으면 먼저 내 파트너한테 양해를 구해주세요. 나는 당신 파트너한테 부탁할 테니까요." 나는 그가 시키는 대로 했어. 우리가 춤을 추는 동안 원래 파트너들은 서로 대화를 나누고 있기로 했지.

드디어 춤이 시작됐고, 우린 한동안 다양한 형태로 서로의 팔을 휘감으면서 흥겹게 춤을 췄어. 로테의 몸동작은 정말 매혹적이고 경쾌했어. 드디어 왈츠 순서가 되자 사람들이 크게 원을 이루며 돌기 시작했어. 그러나 왈츠에 능한 사람이 몇 명밖에 없어서 처음에는 박자도 안 맞고 조금 어수선했지. 우린 다른 사람들이 마음껏 즐길 수 있도록 한동안 뒤로 물러나 있었어. 그런 다음 왈츠에 서툰 사람들이 뒤로 빠졌을 때 재빨리 앞으로 치고 나가 또 다른 한 쌍인 아우드란 커플과 함께 마음껏 실력을 발휘했어. 내 몸이 그토록 가볍게 움직일 수 있다는 사실을 난생 처음 알았어. 그 순간만큼은 내가 사람이 아닌 것 같았어. 더없이 사랑스러운 여인을 품에 안고서 민첩하게 춤을 추다 보니 주위의 그 어떤 것도 눈에 안 들어오더군. 빌헬름, 솔직히 말할게. 나는 마음속으로 내가 사랑하는 여자, 내가 원하는 여자가 나 아닌 다른 남자와 왈츠를 추게 하는 일은 절대 없을 거라고 맹세했어. 설사 그것 때문에 내가 파멸에 이른다 해도. 너라면 이런 나를 이해할 수 있을 거야!

우린 잠시 숨을 돌리기 위해 홀 안을 몇 바퀴 걸었어. 그런 다음 로테가 자리에 앉았는데, 앞서 내가 한쪽으로 치워 놓았던 오렌지 몇 개가 기운을 되찾는 데 큰 효과를 냈지. 다만 한 가지, 로테가 옆자리의 눈치 없는 아가씨한테 오렌지 조각을 건네줄 때마다 내 심장이 바늘로 콕콕 찔리는 느낌이었어.

세 번째 영국식 춤을 출 때 우린 다시 파트너가 됐어. 홀을 빙빙 돌면서 춤을 추는 동안 내 기분이 얼마나 황홀했는지는 신만이 아실 거야. 나는 로테의 팔을 꽉 붙잡은 채 춤을 추면서 더없이 순수하고 솔직하게 기쁨을 드러내는 그의 눈동자를 계속 응시했어. 춤을 추다가 우리는 그다지 젊지는 않지만 애교스러운 표정이 사람들의 눈길을 사로잡는 어느 부인 곁을 스쳐 지나가게 됐지. 부인은 미소를 지으며 잠시 로테를 바라보더니 경고하듯 손가락 하나를 치켜들고는 우리 곁을 지나가면서 의미심장한 목소리로 '알베르트'라는 이름을 두 번씩이나 불렀어.

"혹시 실례가 안 된다면 알베르트가 누군지 물어봐도 될까요?" 내가 로테한테 물었어.

그가 막 대답하려는 순간 우리는 크게 8 자 대형을 만드느라 잠시 멀어져야 했어. 다시 가까워졌을 때 보니 로테는 뭔가를 골똘히 생각하는 표정이더군.

"당신한테 숨길 이유가 없죠." 그가 몸을 회전하기 위해 내게 손을 내밀면서 말했어. "알베르트는 내 약혼자나 다름없는 아주 좋은 사람이에요."

사실 그건 처음 듣는 이야기가 아니었어. (무도회장으로 오는 길에 아가씨들이 이미 말했거든.) 그런데도 생전 처음 듣는 이야기처럼 낯설게 들렸어. 부지불식간에 이미 나한테 소중한 사람이 되어버린 로테와의 관계 속에서 그 이야기를 생각해본 적이 없었기 때문이야. 순간 나는 너무 당황해 정신이 혼미해진 나머지 그만 엉뚱한 커플 사이로 끼어들고 말았지. 그 바람에 대열이 마구 뒤엉켰는데, 다행히 로테가 얼른 쫓아와 나를 잘 이끌어준 덕분에 금세 질서가 회복됐어.

그런데 춤이 아직 끝나기도 전에 천둥번개가 더 강해지더니 급기야 천둥소리가 음악 소리를 압도해버렸어. 한참 전부터 지평선 일대에서 번개가 번쩍거렸지만 나는 그저 마른벼락일 거라고 치부했거든. 여자 셋이 대열에서 빠져나오자 파트너들도 따라 나왔어. 여기저기서 웅성거리는 소리가 들리더니 결국 음악이 멎었어. 한창 흥겹게 놀고 있는데 느닷없이 안 좋은 일이나 무서운 일이 생기면 평소보다 더 강렬한 인상을 받는 게 당연하잖아. 한편으로는 앞뒤 상황의 극적인 대비가 더 생생하게 느껴지기 때문이고, 다른 한편으로는 우리의 모든 감각이 외부 자극에 활짝 열려 있어 자극을 훨씬 더 빨리 수용하기 때문이지. 물론 후자의 영향이 더 크기는 해. 여자들 몇 명이 기이하게 표정을 일그러뜨린 것도 아마 그런 이유 때문이었을 거야. 그때 한 여자가 현명하게도 홀 구석으로 가더니 창문을 등지고 앉아 귀를 막았어. 이어서 다른 여자가 그 앞으로 다가가 무릎을 꿇은 다음 그의 무릎에 얼굴을 파묻었어. 또 다른 여자는 그들 사이로 파고들어가 눈물을 흘리며 두 사람을 껴안았어. 집으로 돌아가겠다고 나서는 여자들도 있었고 이런 상황에서 어쩔 줄을 모르고 허둥대는 여자들도 있었어. 철딱서니 없는 몇몇 젊은이들은 뻔뻔스럽게도 그 소란스러운 상황을 틈타 겁에 질려 절박한 심정으로 하늘을 향해 기도하는 여인들의 아름다운 입술을 훔치기도 했어. 남자들 서너 명은 조용히 담배를 피우려고 계단을 내려갔어. 그사이에 무도회장의 집주인이 현명하게도 덧창과 커튼이 있는 방으로 안내하겠다고 하자 나머지 사람들은 사양하지 않았어. 그 방에 들어서자마자 로테는 의자를 둥그렇게 원 모양으로 늘어놓았고, 사람들이 그의 청에 따라 모두 의자에 앉자 어떤 놀이를 하자고 제안했어.

달콤한 벌칙이라도 기대하는지 입술을 내밀며 기지개를 켜는 사람들도 있었어. "우리 숫자 세기 놀이를 해요!" 로테가 말했어. "잘 들으세요! 제가 오른쪽에서 왼쪽으로 빙 돌 테니 여러분은 자기 차례가 되면 순서대로 숫자를 세는 거예요. 도화선에 불이 붙듯이 빨리 말해야 해요. 말을 더듬거나 틀리게 말하면 뺨을 한 대씩 맞는 거예요. 숫자는 천까지 계속 셀게요."

정말 재미있는 광경이었어. 로테는 한 팔을 쭉 뻗은 채원을 따라 돌았어. "하나" 하며 첫 번째 사람이 숫자를 세기 시작했고 옆 사람이 "둘", "셋" 하며 숫자를 계속 이어갔지. 로테는 속도를 조금씩 높여갔고, 마침내 누군가 실수를 범했어. 찰싹! 따귀 한 대. 웃다가 다음 사람도 따귀 한 대. 찰싹! 속도가 점점 빨라졌어. 나도 두 번이나 뺨을 맞았어. 로테가 다른 사람들보다 나를 더 세게 때린 것 같아 내심 기분이 좋았어. 사람들이 연신 웃음을 터뜨리고 왁자지껄하게 떠드는 통에 숫자를 천까지 세기도 전에 게임은 끝나버렸어. 친한 사람들이 끼리끼리 어울려 자리를 뜰 무렵 뇌우도 그쳤어. 나는 로테를 따라 홀로 들어갔어. 도중에 그가 이렇게 말했어. "사람들이 뺨을 맞을까 봐 신경 쓰느라 악천후 같은 건 까맣게 잊어버렸어요!" 나는 아무 대답도 하지 못했어. "세상에 나만큼 겁쟁이도 없을 거예요." 그가 말을 이었지. "하지만 다른 사람들에게 용기를 불어넣기 위해 앞장서다 보니 나도 모르게 용감해졌어요." 우리는 창가로 다가갔어. 멀리서 천둥소리가 들리고, 보슬비가 촉촉이 대지를 적시고 있었어. 따뜻한 공기에 섞여 더없이 상쾌한 향기가 우리에게로 피어올랐어. 로테는 창문에 팔꿈치를 기댄 채 창밖을 뚫어지게 쳐다봤어. 하늘을 올려다보던 로테가 시선을 내게로 돌렸는데, 글쎄 눈에 눈물이 그렁그렁하지 뭐야. 그가 한 손을 내 손 위에 얹으며 이렇게 말했어. "클롭슈토크(프리드리히 고틀리프 클롭슈토크, 독일 서정시인─옮긴이)!" 그 순간 나는 어느 멋진 송가가 그의 머릿속을 채우고 있는지 알아차렸어. 그리고 이 수수께끼 같은 말로 내게 쏟아놓은 그의 감정의 물결에 같이 휩싸였지. 결국 나는 감정을 제어하지 못하고 환희의 눈물을 흘리며 고개를 숙여 로테의 손에 입을 맞추고 다시 그의 눈을 쳐다봤어. 고결한 시인이시여! 그의 눈빛에 담긴 당신에 대한 숭배의 마음을 좀 보십시오! 나는 지금까지 사람들 입에

오르내리며 무수히 더럽혀졌던 당신의 이름이 다른 사람들에 의해 불리는 것을 더 이상 듣고 싶지 않습니다!

6월 19일

지난번에 어디까지 이야기를 하다 말았는지 모르겠군. 다만 내가 잠자리에 든 게 새벽 2시였다는 건 알아. 편지를 쓰는 대신 직접 만나서 이야기할 수 있었다면 아마 아침까지 꼬박 너를 붙잡고 있었을 거야.

지난번에 무도회장에서 집으로 돌아가는 길에 있었던 일은 빼놓고 이야기하지 않았는데, 오늘도 그건 별로 말하고 싶지 않군.

그날의 일출 광경은 정말 굉장했어. 숲속 나무들에서는 물방울들이 뚝뚝 떨어져 내렸고 주변 들판은 온통 생기가 흘러넘쳤어! 마차에 동승한 다른 여자들은 꾸벅꾸벅 졸았어. 로테는 내게 자기한테 신경 쓸 필요 없다면서 그들처럼 잠시나마 눈을 붙이는 게 어떻겠느냐고 하더군.

"당신이 눈을 뜨고 있는 한 내가 잠들 일은 없어요." 나는 로테의 눈을 똑바로 응시하며 대답했어.

아무튼 우리는 그의 집 앞에 도착할 때까지 졸음을 잘

참아냈어. 하인이 살그머니 대문을 열어주자 로테가 몇 마디 물었어. 하인은 아버님과 아이들 모두 잘 있으며, 아직 자고 있다고 말했어. 헤어질 때 내가 로테한테 그날 중으로 다시 만나달라고 요청하자 그는 내 부탁을 들어줬어. 그런 다음 나는 집으로 돌아왔지. 해와 달과 별은 여전히 맡은 바 역할을 묵묵히 수행하고 있겠지만 그날 이후로 나는 지금이 낮인지 밤인지도 모른 채 지내고 있어. 내 주위에서 세상이 통째로 사라져버린 것 같은 기분이야.

6월 21일

요즘 내 삶은 온통 신께서 성인聖人들에게나 베풀어주셨을 것 같은 그런 행복으로 가득 차 있어. 앞으로 내게 무슨 일이 일어날지는 모르겠으나, 지금 나는 삶의 기쁨, 그것도 가장 순수한 삶의 기쁨을 맛보고 있는 중이야. 발하임에 대해서는 너도 이미 알지. 나는 그곳에 완전히 정착한 거나 마찬가지야. 로테가 거기서 겨우 30분 거리에 살고 있어. 그곳에서 나는 내 존재의 의미를 생생히 느낄 뿐만 아니라 인간에게 주어진 온갖 행복을 맛보고 있어.

발하임을 산책의 목적지로 선택했을 때만 해도 그곳이

천국과 그토록 가까운 거리에 있을 줄은 상상두 못 했어. 나는 꽤 멀리까지 산책을 나갈 때마다 때로는 산 위에서, 때로는 강 너머 들판에 서서, 이제는 내 모든 소망을 품고 있는 로테의 집을 자주 바라보곤 했지.

　사랑하는 빌헬름, 인간의 욕망에 대해 곰곰이 생각해봤어. 이를테면 자신의 뜻을 펼치려는 욕망, 새로운 것을 발견하려는 욕망, 정처 없이 떠돌고 싶은 욕망 같은 것. 그리고 그런 욕망과 반대로 자신에게 주어진 한계를 인정한 채 한눈팔지 않고 오로지 관습의 궤도만 따라가려는 내적 충동에 대해서도 생각해봤지.

　이곳 언덕에 올라와 저 아름다운 계곡을 내려다보고 있노라면 주변의 모든 것이 나를 매혹하는 듯해. 정말 신기할 뿐이야. 저기 보이는 자그마한 숲! 아, 네가 저 숲의 그늘 속으로 들어가 하나로 어우러질 수만 있다면! 저 산봉우리! 아, 네가 저 산마루에 올라 먼 곳까지 한눈에 굽어볼 수만 있다면! 끝없이 이어지는 언덕과 정겨운 골짜기들! 아, 그 속으로 사라져버릴 수 있다면! 그런 기분에 휩싸여 서둘러 그곳으로 달려갔지만 금세 되돌아오고 말았어. 원하는 것을 도무지 찾을 수 없었거든. 아, 멀리 보이는 것은 오지 않은 미래나 마찬가지야! 우리 눈앞에서 위대한 자연의 윤곽이 차츰 흐릿해지면, 눈이 희미해지듯 우리의 감각도 점차 무뎌지지. 아아, 그런데도 우리는 끝없이 갈망해. 우리의 존재 전부를 바쳐서라도 세상에 하나뿐인 숭고하고 장엄한 감정의 환희를 맛볼 수 있기를! 아, 하지만 우리가 아무리 서둘러 그곳을 찾아가도 아무 소용없어. 단지 저곳이 이곳으로 바뀌었을 뿐, 달라진 게 하나도 없으니까. 우린 여전히 빈곤과 제약 속에서 삶을 영위할 테고, 우리의 영혼은 계속해서 사라져버린 삶의 활력소를 갈망할 테니까.

정처 없이 세상을 떠돌던 방랑자가 결국에는 조국을 그리워하는 것도 그런 연유라 할 수 있어. 넓은 바깥세상에서는 찾지 못했던 행복을 작은 오두막과 아내의 품, 자식들의 재롱, 그리고 가족을 부양하는 일에서 발견한 거야.

나는 매일 아침 해가 뜨기 무섭게 발하임으로 달려가곤 해. 그곳 주막집 텃밭에서 내가 먹을 완두콩을 내 손으로 직접 수확해 콩깍지를 까면서 틈틈이 호메로스의 작품을 읽는 거야. 어떤 때는 직접 부엌에 들어가 냄비를 꺼내 버터를 두르고 완두콩을 넣은 다음 뚜껑을 덮어 불에 올려놓고 옆에 앉아서 간간이 냄비를 흔들어주기도 해. 그럴 때면 페넬로페(호메로스의 서사시 『오디세이아』의 주인공 오디세우스의 아내—옮긴이)의 무례한 구혼자들이 소와 돼지를 잡아서 토막을 낸 뒤 불에 구워 먹던 장면이 눈앞에 생생하게 떠올라. 가부장적인 삶만큼 평온하고 진실한 느낌으로 내 마음을 채워주는 것은 없어.

다행스러운 것은 그 어떤 허세도 부리지 않고 그런 삶의 모습을 내 생활에 고스란히 반영할 수 있다는 거야.

직접 키운 양배추를 식탁에 올리는 사람들의 소박하고 순수한 기쁨을 곁에서 느낄 때 나는 더없이 행복해. 그 순간 그들은 비단 양배추만이 아니라 양배추를 심었던 아름다운 아침과 물을 주고 무럭무럭 커가는 양배추를 보며 기뻐했던 정겨운 저녁까지 모든 것을 한꺼번에 만끽하는 거야.

6월 29일

그저께 내가 로테 동생들과 함께 땅바닥에서 뒹굴며 놀고 있을 때 시내에서 어떤 의사가 행정관을 찾아왔어. 그때 어떤 아이들은 내 몸에 기어오르고, 어떤 아이들은 나를 놀려대고 있었지. 아이들 장난에 내가 간지럼으로 응수하자 몇 명의 아이들은 크게 비명을 지르며 난리법석을 떨었고. 꽤나 고루하고 편협한 그 의사는 이야기를 하는 내내 소맷부리의 주름장식을 만지작거리고 연신 옷깃을 잡아당기더군. 나를 아주 채신머리없는 사람으로 생각한다는 것을 표정에서 노골적으로 드러내면서 말이야. 그러나 나는 속으로 이성은 당신이나 챙기라며 그의 말을 무시한 채 아이들의 무너진 카드

집을 다시 만들어줬어. 나중에 들으니, 그 의사는 안 그래도 버릇없는 행정관의 아이들을 베르테르가 완전히 버려놓았다고 동네방네 떠들고 다녔다더군.

　사랑하는 빌헬름, 맞아, 세상에서 내게 제일 친숙한 대상은 아이들이야. 아이들을 가만히 지켜보노라면, 그들의 작고 사소한 행동 속에서 언젠가 그들에게 꼭 필요한 온갖 덕목과 에너지들이 이미 싹트고 있는 것이 보여. 고집을 피우는 아이한테서는 미래의 의연하고 단호한 성격이 엿보이고, 장난을 잘 치는 아이한테서는 세상의 온갖 고난을 이겨낼 수 있는 유머감각과 경쾌함이 엿보여. 세상에 이보다 더 순수하고 이보다 더 온전한 것은 없어! 그럴 때마다 나는 인류의 스승이 남긴 금언, 즉 "만약 너희가 돌이켜 어린아이들과 같이 되지 아니하면(『마태복음』 18장 3절 참조—옮긴이)!"이란 말을 되뇌곤 해. 친구, 아이들은 우리와 동등한 인격체이자 때로는 우리가 모범으로 삼아야 할 그런 존재야. 그런데도 우리는 아이들을 마치 하인처럼 다루곤 해. 의지 같은 건 절대 가져서는 안 되는 존재인 것처럼! 하지만 정작 의지가 없는 것은 우리가 아닐까? 우리가 더 우선권을 가져야 할 근거가 대체 뭐지? 단지 아이들보다 나이가 더 많고 더 이성적이라서? 하느님, 당신 눈에는 이 세상에 오로지 나이 많은 아이들과 나이 어린 아이들만 보이시죠. 그중 어떤 아이들이 당신께 더 큰 기쁨을 드리는지는 당신의 아드님께서 이미 오래전에 알려주셨습니다. 하지만 사람들은 그분을 믿으면서도 그분의 말씀에는 귀를 기울이지 않네요. 이건 비단 어제오늘의 일이 아닙니다! 그들은 아이들을 자신의 기준에 맞춰 교육시키고 있습니다. 잘 있게, 빌헬름! 이 문제에 대해서는 더 이상 논하고 싶지 않군.

7월 1일

내 경험을 통해 나는 로테가 아픈 사람에게 어떤 존재인지 충분히 짐작할 수 있어. 병상에 누워 고통에 시달리는 사람들보다 지금 내가 훨씬 더 괴롭기 때문이지. 로테는 시내에 사는 어느 착한 부인의 집에서 며칠 동안 머무를 예정이야. 의사들로부터 임종이 얼마 안 남았다는 말을 들은 그 부인이 로테한테 자신의 마지막 순간을 지켜달라고 부탁했거든. 지난주에는 로테와 함께 세인트○○ 마을에 있는 목사님 댁을 방문했어. 산을 넘어 한 시간쯤 걸리는 곳에 있는 작은 마을인데, 우린 오후 4시쯤 그곳에 도착했어. 로테의 둘째 여동생도 동행했어. 커다란 호두나무 두 그루가 그늘을 드리우고 있는 목사관 마당으로 들어서니 현관 앞 벤치에 선량해

보이는 노인이 앉아 있었어. 우리를 발견한 늙은 목사는 갑자기 어디서 그런 기운이 솟아났는지 지팡이 짚는 것도 잊어버린 채 자리에서 벌떡 일어나 로테를 맞으려 했어. 그러자 로테가 한걸음에 달려가 그분을 자리에 앉히고 자기도 그 옆에 앉아 아버지의 안부를 전했어. 그러고는 버릇없고 얼굴이 꼬질꼬질한 목사의 늦둥이 막내아들을 품에 안아주었지. 늙은 목사를 대하는 로테의 태도가 얼마나 다정다감했는지 네 눈으로 직접 봤어야 해. 그는 가는귀가 먹은 노인이 제 말을 알아들을 수 있도록 한껏 목청을 높여, 건강하던 젊은 사람들이 급작스레 세상을 떠났다는 소식과 카를스바트(체코 서쪽에 위치한 유명 온천 도시 카를로비바리의 독일어식 지명-옮긴이) 온천의 탁월한 효능에 대해 이야기했어. 그리고 안 그래도 올여름 카를스바트 온천에 가기로 했다는 목사의 결정을 칭찬하면서 지난번에 봤을 때보다 안색도 좋고 훨씬 활기차 보인다고 말하더군. 그러는 동안 나는 목사 부인에게 공손히 인사했어. 목사는 표정이 몹시 밝아졌지. 내가 늘 우리에게 시원한 그늘을 선사하는 근사한 호두나무에 대해 칭찬하자 목사는 기운이 딸리는데도 그 나무에 얽힌 이야기를 들려줬어.

"저기 보이는 고목은 누가 심었는지 우리도 몰라." 늙은 목사가 말했어. "이 목사님이 심었다는 사람도 있고, 저 목사님이 심었다는 사람도 있네. 하지만 저기 뒤편에 있는 어린

나무는 내 아내하고 나이가 같으니, 올 10월에 쉰 살이 되네. 내 장인어른이 아침나절에 저 나무를 심었는데 그날 저녁 내 아내가 태어났다는군. 장인어른은 내 전임목사셨는데 저 나무를 무척 아끼셨네. 나 역시 장인어른만큼이나 저 나무를 소중히 여기지. 27년 전 가난한 신학생 시절, 내가 처음으로 이 마당에 들어섰을 때 아내는 바로 이 나무 밑 발코니에 앉아 뜨개질을 하고 있었네."

로테가 목사에게 딸의 안부를 묻자, 슈미트라는 남자와 함께 목초지의 일꾼들을 찾아갔다고 하더군. 그러고는 중단된 이야기를 마저 했어. 전임목사는 그가 마음에 들었는데 결국 그분의 딸까지 그를 좋아하게 됐고, 처음에는 장인 밑에서 부목사로 일하다 결국 목사직을 물려받았다는 이야기까지. 얼추 이야기가 끝날 무렵 목사의 딸이 슈미트라는 남자와 함께 마당을 가로질러 들어왔지. 목사 딸은 로테한테 진심 어린 환영인사를 했어. 내가 보기에 꽤 참한 아가씨 같았어. 동작이 재고 늘씬한 갈색 머리의 아가씨였는데, 이런 아가씨라면 한동안 시골 남자와 대화가 잘 통할 것 같았어. 목사 딸의 연인은(슈미트 씨가 그의 연인임이 금세 드러났지) 얼굴은 잘생겼지만 워낙 과묵해서 로테가 계속 우리의 대화에 끌어들이려 노력했으나 허사였어. 그런데 그가 우리 대화에 끼어들지 않는 것이 모자란 이해력 때문이 아니라 아집과 부족한 유머감각 때문이라는 것을 그의 표정으로 깨닫고 나니 기분이 나빴어. 시간이 갈수록 내 추측이 정확히 맞아떨어지더군. 산책하던 중에 로테와 걸어가던 프리데리케가 가끔 나하고도 나란히 걷게 될 때가 있었는데, 그럴 때마다 슈미트란 남자의 연갈색 얼굴이 눈에 띄게 어두워지지 뭔가. 로테는 슬며시 내 옷소매를 잡아당기며 프리데리케에게 너무 다정하게 대하지 말라고 했어. 내가 세상에서 제일 역겹게 생각하는 것이 바로 상대방의 인간관계를 귀찮을 정도로 간섭하는 거야. 특히 인생의 전성기를 맞이하여 그 어떤 즐거움에 대해서든 마음의 문을 활짝 열어야 할 젊은이들이 인상을 쓰면서 그 좋은 시절을 망쳐버리고는 뒤늦게 놓쳐버린 시간은 그 무엇으로도 만회할 수 없다는 사실을 깨닫는 것보다 멍청한 짓은 없지. 그 생각이 드니 부아가 치밀어 오르더군. 저녁 무렵 우리는 목사관으로 돌아가 식탁에 둘러앉아 우유를 마시며 세상살이의 희로애락에 대해 이야기를 주고받았어. 그때 나는 결국 감정을 제어하지 못하고 다른 사람의 말머리를 낚아채 불쾌감을 노출하는 행동에 대해 성토했어.

"우리 인간은 늘 불평을 입에 달고 사는 것 같아요." 나는 이렇게 말문을 열었지. "좋은 날은 별로 없고 안 좋은 날은 너무 많다는 식으로요. 하지만 그건 옳지 않아요. 우리가 늘 마음의 문을 활짝 열고 하느님께서 날마다 우리에게 베풀어주시는 은총을 받아들일 마음만 있다면 설사 불행이 닥친다 해도 충분히 그걸 견뎌낼 힘을 가질 수 있어요."

"하지만 사람의 감정이 어디 내 뜻대로 움직여지던가요." 목사 부인이 대답했어. "감정은 우리 신체에 좌우되는 경우가 많아요. 몸이 불편하면 어디를 가든 기분이 안 좋은 법이죠."

나는 일단 그분의 말에 동의하고 다시 말을 이었어. "그건 일종의 병이나 마찬가지이니 그럴 때는 혹시 치료약은 없는지 알아봐야겠죠."

"일리 있는 말이네요." 로테가 대답했어. "저는 대부분의 일은 우리가 마음먹기에 달려 있는 것 같아요. 제 경우를 보면 그래요. 뭔가 기분이 나쁘거나 짜증이 날 때면 저는 자리에서 벌떡 일어나 정원으로 나간답니다. 정원을 거닐면서 춤곡을 몇 곡 부르고 나면 어느새 불쾌했던 기분이 사라져요."

"제가 하려던 말이 바로 그겁니다." 나는 로테의 말을 받아 이렇게 말했어. "불쾌감은 게으름하고 아주 비슷합니다. 사실 게으름에서 비롯된 것이라 할 수 있어요. 인간은 원래 게으른 본성을 타고났습니다. 하지만 용기를 내서 게을러지지 않도록 노력하면 쉽게 거기서 벗어날 수 있어요. 그리고 활동을 통해 진정한 즐거움을 맛볼 수 있습니다."

프리데리케는 오가는 이야기에 주의 깊게 귀를 기울인

반면 그 젊은이는 인간은 스스로를 다스리기 어려우며, 특히 제어하기 제일 힘든 것이 감정이라면서 내 말에 반박했어.

"지금 우리가 문제 삼는 것은 불쾌한 감정입니다." 나는 이렇게 대꾸했지. "누구나 불쾌한 감정에서 얼른 벗어나고 싶어 해요. 하지만 직접 시도해보기 전에는 자력으로 어느 정도까지 그 감정에서 벗어날 수 있는지 알 수 없습니다. 병에 걸리면 누구나 백방으로 좋은 의사를 찾아다니고 건강을 되찾기 위해 금욕생활과 입에 쓴 약도 마다하지 않는 것과 마찬가지입니다."

나는 성실한 노목사도 우리의 토론에 참여하고 싶어서 귀를 쫑긋 세우고 있다는 것을 눈치채고 그를 향해 목소리를 높여 말했어.

"온갖 죄악에 관한 설교가 많지만 저는 지금까지 불쾌감을 노출하는 것을 문제 삼는 설교(이와 관련해서는 라바터의 훌륭한 설교가 있습니다. 그중에서도 특히 『요나서』에 대한 설교가 탁월합니다-원주)는 들어본 적이 없습니다."

"그건 도시 목사들이 해야 할 일이네." 노목사가 말했어. "시골 농부들은 애당초 그런 고약한 기분을 느낄 여유조차 없거든. 그래도 가끔은 그런 설교를 하는 것도 나쁘지 않을 것 같네. 적어도 내 아내나 행정관 같은 이에게는 교훈이 될 거야."

그 순간 한바탕 웃음이 터졌어. 노무사도 따라 웃다가 사레들리는 바람에 잠시 토론이 중단됐지. 얼마 후 그 젊은 이가 다시 입을 열었어.

"방금 고약한 기분을 죄악시했는데, 그건 좀 지나치다는 생각이 드는군요."

"절대 그렇지 않습니다." 나는 반박했어. "본인은 물론이고 주변 사람들한테까지 피해를 입힌다면 죄악으로 불러 마땅합니다. 서로를 행복하게 해주지 못하는 것도 모자라 이따금 혼자 누릴 수 있는 즐거움마저 상대에게서 앗아가야만 할까요? 불쾌감에 자주 사로잡히는 사람들 중에 주변 사람들의 기쁨을 방해하지 않으려고 자신의 기분을 감추고 혼자서 감내하는 사람이 있으면 어디 한번 말해보십시오! 그들이 느끼는 불쾌한 기분은 자격지심에서 오는 내면의 불만이 아닌가요? 자신에 대한 이런 불만은 늘 어리석은 허영심에서 생겨난 질투심과 연결돼 있습니다. 자신이 행복하게 해주지 못했는데도 행복한 사람들을 보면 견딜 수 없는 불쾌감에 사로잡히는 거죠."

로테는 내가 흥분해서 열변을 토하는 모습을 보며 미소를 지었어. 또한 프리데리케의 눈에 맺힌 눈물은 내게 계속 말하라는 격려처럼 느껴졌지.

"누군가의 마음을 좌지우지할 수 있는 힘을 갖고 있다고 해서 그 사람의 마음속에 자연스럽게 싹트는 작은 기쁨마저 빼앗아가려는 자는 좀 당해봐야 합니다." 내가 말했어. "질투심에 사로잡힌 폭군이 부리는 변덕스러운 심술 때문에 놓쳐버린 한순간의 행복은 이 세상 그 어떤 선물이나 호의로도 절대 보상받을 수 없으니까요."

그 말을 하는데 순간적으로 가슴이 벅차올랐어. 지난날의 추억들이 주마등처럼 눈앞을 스쳐 지나가면서 눈에 눈물이 차오르더군.

"날마다 스스로에게 이렇게 말할 수 있으면 얼마나 좋을까요?" 나는 소리쳤어. "네가 친구들에게 해줄 수 있는 것은 단지 친구들의 행복해하는 모습을 곁에서 지켜봄으로써 그 행복을 더해주는 것밖에는 없다고요. 어떤 친구의 영혼이 불안한 열정에 휩싸여 고통과 상심에 빠져 있을 때 너는 그 친구에게 일말의 위로라도 돼줄 수 있느냐고 말이죠. 꽃다운 나이에 당신 때문에 신세를 망친 여자가 끔찍한 병에 걸려 임종을 눈앞에 둔 채 당신 앞에 누워 있다고 가정해보십시오. 두 눈은 초점도 없이 멍하니 허공을 응시하고, 창백한 이마에서는 죽음의 식은땀이 계속 솟아나고 있어요. 당신은 마치 유죄 판결을 받은 사람처럼 병상 앞에 서 있죠. 생명이 스러져가는 그 여자에게 조금이나마 힘과 용기를 불어넣을 수만 있다면 당신이 가진 모든 것을 기꺼이 바칠 수 있다고 생각하지만 이미 그를 살릴 방법은 없다는 두려움에 사로잡혀 있다고 상상해보세요."

이 말을 하는 동안 지난날 내가 겪은 일들이 너무 생생하게 떠오르는 바람에 나는 손수건으로 눈을 가리며 그 자리를 떠났어. 그리고 이제 그만 집으로 돌아가자고 외치는 로테의 목소리에 간신히 정신을 차렸다네. 돌아오는 길에 로테는 나한테 매사에 지나치게 파고드는 외골수적인 면이 있는 것 같다면서 그러다 자칫 건강을 해칠 수도 있다고 경고했어! 내가 나 자신을 소중히 여겨야 한다는 말이었지! 오, 천사 같은 여인이여! 나는 그대를 위해서 살아가리다!

7월 6일

로테는 아직도 임종이 가까운 친구의 곁을 지키고 있어. 어찌 그리 마음 씀씀이가 곱고 한결같은지. 로테의 눈길이 닿기만 해도 고통이 줄어들고 사람들은 행복해한다네. 엇저녁에 그는 마리안네와 어린 말헨을 데리고 산책을 나갔어. 나는 사전에 그 사실을 알고 도중에 합류했어. 우리는 한 시간 반쯤 산책한 뒤 시내로 돌아왔는데, 오는 길에 샘터에 들렀어. 샘터는 이미 내게 소중한 곳이었지만 이제는 천 배쯤 더 소중한 장소가 되어버렸다네. 로테는 나지막한 돌담에 걸터앉았고, 우리는 로테 앞에 서 있었어. 주위를 돌아보는데, 문득 외로웠던 시절의 기억이 생생하게 떠오르기에 나는 이렇게 말했어. "내 소중한 샘터여. 시원한 네 곁에서 휴식을 취한 지 오래구나. 바쁘다는 이유로 네게 눈길조차 주지 않고 지나친 적도 간혹 있었지." 아래쪽을 쳐다보니 말헨이 컵에 물을 떠서 종종걸음으로 올라오고 있었어. 로테의 얼굴을 물끄러미 바라보다 새삼 그가 내게 어떤 존재인지를 깨닫고 가슴이 울컥했어. 그사이에 말헨이 물컵을 들고 도착했고, 마리안네가 그 컵을 받으려고 했어. "안 돼요! 로테 언니가 제일 먼저 마셔야 해요!" 말헨이 더없이 사랑스러운 표정으로 외쳤어. 그 순간 그렇게 외치는 어린아이의 순진무구한 모습이 너무 사랑스러워 나도 모르게 아이를 번쩍 안아 올려 격렬하게 뽀뽀를 하고 말았어. 도저히 내 감정을 주체할 수 없었거든. 그러자 말헨이 소리를 지르며 울음을 터뜨렸어. "당신이 잘못하셨어요." 로테가 그렇게 말하자 나는 당황했지. "이리 와, 말헨." 로테는 아이를 달래며 손을 잡고 층계를 내려갔어. "여기 시원한 샘물로 어서 씻으렴. 그럼 괜찮아질 거야." 나는 그 자리에 서서 아이가 고사리손에 물을 적셔 연신 뺨을 닦아내는 것을 바라봤어. 말헨은 마치 기적의 샘물로 온갖 더러움을 닦아내면 수치심도 사라지고 흉측한 수염도 안 나게 될 거라고 굳게 믿는 듯했어. "이제 그만해도 돼!" 로테가 말했어. 그런데도 아이는 씻을수록 깨끗해진다는 듯 멈추지 않았어. 빌헬름, 솔직히 말하면 나는 그 어떤 세례식에서도 그토록 진한 감동을 받아본 적이 없다네. 로테가 다시 올라왔을 때 나는 그 앞에 기꺼이 무릎이라도 꿇고 싶었어. 한 민족의 죄를 씻어준 예언가 앞에 무릎을 꿇는 그런 심정으로.

낮에 받은 감동이 어찌나 벅차던지 나는 그날 저녁 어떤 남자한테 그 이야기를 털어놓았어. 평소 지적인 면에서나 감성적인 면에서 신뢰하던 사람이었지. 그런데 그가 너무 뜻밖의 반응을 보였어! 그는 로테의 행동이 잘못됐다고 지적했어. 아이들한테 잘못된 믿음을 심어줘서는 안 된다면서 로테 같은 사람들 때문에 무수한 착오와 미신이 생겨났다는 거야. 어른들은 아이들이 그런 미신에 물들지 않도록 지켜줄 의무가 있다고 했어. 그 순간 그가 겨우 여드레 전에 세례를 받았다는 사실이 퍼뜩 떠올랐어. 나는 더 이상 그의 말에 반박하지 않고 그냥 마음속으로만 한 가지 진리를 깊이 되새겼지. 우리는 어린아이를 대할 때 하느님이 우리를 대하시는 것처럼 대해야 한다는 진리 말이야. 하느님은 우리가 기분 좋은 망상에 푹 빠지게 내버려둠으로써 우리를 가장 행복하게 만드시잖아.

7월 8일

나는 어찌 이리 어린아이 같을까! 그 눈길 한번 받아보고 싶어 이토록 안달복달하다니. 아마 어린아이도 이러지는 않을 거야! 우린 발하임에 갔었어. 여자들은 마차를 타고 갔지. 산책하는 동안 내 눈길은 계속 로테의 검은 눈동자를 쫓았어. 내 행동이 바보 같다는 것 알아. 하지만 이런 나를 용서해줘. 그의 눈동자를 직접 봤다면 너도 내 심정을 이해할 거야. 짧게 이야기해야겠어(너무 졸려서 자꾸 눈이 감겨). 여자들이 마차에 올라탄 다음 젊은 W, 젤슈타트, 아우드란, 그리고 나는 마차 주위에 둘러서 있었어. 잠시 남자들끼리 이런저런 잡담을 나눴지. 다들 경박하기 짝이 없더군. 그러는 와중에도 나는 로테의 눈길을 찾았어. 그의 시선은 이 사람에서 저 사람에게로 계속 옮겨 다녔어. 그런데 나한테는! 나! 나! 나한테만은 단 한 번도 눈길이 머물지 않았어. 나는 낙담한 채 홀로 서 있었어. 그리고 마음속으로 수없이 로테에게 작별 인사를 건넸어. 끝내 그는 나를 쳐다보지 않았어! 마차가 출발해버리자 갑자기 눈물이 핑 돌더군. 마차가 멀어지는 것을 지켜보고 있는데 로테의 머리장식이 마차 창문 밖으로 삐져 나오더니 그가 뒤를 돌아다봤어. 아아! 혹시 나를 보려고 그런 걸까? 친구! 확실한 건 알 수 없어. 하지만 그게 내 마음에 위로가 돼. 그는 나를 찾아 뒤를 돌아본 걸 거야! 아마도! 잘 자. 오, 나는 정말 딱한 어린아이야.

7월 10일

여러 사람이 있는 자리에서 로테 이야기가 나오면 내가 얼마나 멍청하게 구는지 너도 한번 봐야 해! 이를테면 누가 나한테 그가 마음에 드냐고 물어봤을 때 말이야. 마음에 드냐니! 나는 그 표현을 증오해. 로테에게 자신의 모든 감각과 느낌을 빼앗기는 것이 아니라 단지 그가 마음에 들 뿐인 사람은 대체 어떤 사람이지? 마음에 드냐니! 하긴, 어처구니없게도 얼마 전 내게 오시안(3세기 무렵 켈트족의 전설적인 시인이자 영웅-옮긴이)이 마음에 드냐고 물어보는 사람도 있더군!!

7월 11일

M 부인의 상태가 아주 안 좋아. 그 일로 로테의 마음이 얼마나 아플지 잘 알기 때문에 나도 부인이 쾌차하게 해달라고 열심히 기도하고 있어. 요즘 로테는 M 부인을 간병하느

라 거의 그 집에서 살다시피 하고 있지. 그런데 그가 오늘 뜻밖에도 아주 놀라운 이야기를 해줬어. 글쎄, M 부인의 남편이 아주 탐욕스럽고 인색한 구두쇠로 한평생 돈줄을 꽉 움켜쥐고 부인을 심하게 구박했다는군. 그런 남편과 살면서도 부인은 나름 요령 있게 살림을 잘 꾸려왔어. 그런데 며칠 전 살날이 얼마 남지 않았다는 의사의 진단을 받자 부인은 남편을 불러놓고(마침 로테가 그 자리에 함께 있었어) 이렇게 말했대.

"내가 세상을 뜬 후 혹시 집안에 시끄러운 일이 일어나지 않도록 당신한테 미리 고백할 게 있어요. 지금까지 나는 최대한 돈을 아끼며 알뜰살뜰 살림을 꾸려왔어요. 하지만 지난 30년 동안 당신을 속인 게 하나 있어서 이렇게 용서를 구해요. 신혼 초에 당신은 내게 식비를 포함한 생활비로 터무니없이 적은 돈을 줬어요. 갈수록 살림 규모가 커지고 장사도 번창했지만 당신은 일주일치 생활비를 도통 올려줄 생각을 하지 않더군요. 간단히 말할게요. 살림 규모가 최대로 커졌을 때도 일주일에 겨우 7굴덴밖에 안 줬던 거 당신도 알 거예요.

나는 군말 없이 그 돈을 받았어요. 그리고 부족한 생활비는 일주일에 한 번씩 가게 매상에서 가져다 썼어요. 설마 안주인이 가게 매상에 손을 댈 거라고 누가 생각하겠어요. 하지만 나는 떳떳해요. 동전 한 푼 헛되게 쓴 적 없으니 이 사실을 털어놓지 않아도 마음 편히 눈감을 수 있어요. 그런데도 이렇게 고백하는 이유는 나를 이어 집안 살림을 떠맡게 될 여자가 곤경을 겪을 게 뻔해서예요. 당신은 분명 내 전처는 그 돈으로도 살림을 잘만 꾸려왔다고 억지를 부릴 테니까요."

로테와 나는 인간이 어찌 그리 둔할 수 있는지에 대해 이야기를 나눴어. 정말 믿기지 않는 일이야. 돈이 두 배쯤 더 필요하다는 게 눈에 뻔히 보이는데도 7굴덴으로 살림이 가능했어. 그렇다면 분명 뭔가 편법이 동원되고 있다는 뜻인데 어떻게 일말의 의구심조차 품지 않았을까? 하긴, 나도 그런 사람들을 알고 있지. 자기 집에 영원히 마르지 않는 예언자의 기름 항아리가 있다고 믿는 사람들 말이야(구약성서 「열왕기상」 17장 참조−옮긴이).

7월 13일

아니, 그건 절대 내가 착각한 게 아니야! 나는 로테의 검은 눈동자에서 나와 내 운명에 대한 진지한 관심을 봤어. 맞아, 나는 그렇게 느꼈어. 그리고 나는 그 느낌을 믿어. 로테는─아, 천국을 이런 말로 표현해도 될까, 그럴 수 있을까?—나를 사랑하는 게 분명해.

그가 나를 사랑한다니! 그런 느낌을 받은 이후 나 자신이 정말 소중한 존재라는 생각이 들어. 너라면 내 마음을 충분히 이해할 테니 솔직히 털어놓을게. 심지어 나 자신을 숭배하고 싶은 기분이야.

이건 오만함에서 비롯된 착각일까, 아니면 진실한 관계에서 비롯된 감정일까? 나는 로테의 마음속에 누가 있든 전혀 두렵지 않아. 그러나 로테가 애정이 담뿍 담긴 다정한 말투로 약혼자에 대해 말할 때면 마치 내가 명예와 품위는 물론이고 칼마저 빼앗긴 패자처럼 느껴져.

7월 16일

우연히 내 손가락이 로테의 손가락을 스치거나 식탁 아래에서 우리의 발이 부딪치기라도 하면, 짜릿한 전율이 내 온몸의 혈관을 타고 흘러내려! 그럼 마치 불에 덴 사람처럼 내 몸이 뒤로 멈칫했다가 알 수 없는 힘에 이끌려 다시 제자리로 돌아가. 순간적으로 모든 감각이 사라지면서 현기증이 나는 거야. 오! 그런데 로테의 순진무구하고 자유로운 영혼은 그런 사소하고 친숙한 행동들이 나를 얼마나 자극하는지 모르는 것 같아. 대화를 나누면서 자신의 손을 내 손 위에 슬며시 올려놓거나 이야기에 열중해 저도 모르게 가까이 다가오는 바람에 그의 달콤한 숨결이 내 입술에 닿을 때면, 나는 번개에 맞은 사람처럼 당장이라도 그 자리에 쓰러질 것 같아. 빌헬름! 언젠가 이 천상의 행복과 신뢰를 감당할 수 있는 날이 과연 올까? 너는 이런 내 마음을 이해할 수 있지. 아니, 내 심장이 아주 망가진 건 아니야. 다만 조금 약해졌을 뿐이야! 그런데 정말 완전히 망가진 게 아닐까?

그는 내게 성스러운 존재야. 로테 앞에서는 모든 욕망이 침묵해. 로테 곁에 있으면 지금 내 상태가 어떤지조차 모르겠어. 마치 영혼이 온몸의 신경을 타고 곤두박질치는 것 같은 기분이야. 그가 천사 같은 모습으로 즐겨 치는 피아노곡이 하나 있어. 아주 소박하면서도 감성이 풍부한 곡인데, 그가 그 곡의 첫 소절만 쳐도 벌써 나의 모든 고통과 혼란과 고뇌가 사라져버려.

옛 음악의 신비한 힘에 관한 이야기들이 결코 터무니없는 건 아닌 것 같아! 그 소박한 노래가 얼마나 나를 사로잡는지! 신기하게도 종종 머리에 총을 쏘아 자살하고 싶은 충동에 사로잡힐 때마다 어찌 알았는지 그가 그 음악을 들려줬어. 그러면 내 영혼의 혼란과 어둠은 순식간에 걷히고 나는 다시 자유롭게 숨을 쉴 수 있지.

7월 18일

　빌헬름, 만약 이 세상에 사랑이 없다면 우리 마음이 어떨까! 아마 불빛이 꺼진 환등기 같지 않을까? 환등기는 그 안에 작은 램프를 설치하면 즉시 하얀 막에 다채로운 영상이 나타나지! 설사 그것이 순식간에 지나가는 환영에 불과하다 해도 순진한 어린아이처럼 그 놀라운 광경에 매혹되면 우린 행복을 느끼는 법이야. 오늘은 꼭 참석해야 할 모임이 있어서 로테한테 가지 못했어. 그러니 어쩌겠어. 오늘 로테 가까이에 갔던 사람이라도 내 곁에 두기 위해 하인 하나를 그에게 보냈지. 그러고는 하인이 돌아오기만을 눈 빠지게 기다렸어. 마침내 하인의 모습이 보였을 때 얼마나 기쁘던지! 체면을 생각하지 않았더라면 그의 머리를 붙잡고 키스라도 했을 거야.

　양지바른 곳에 두면 햇빛을 흡수했다가 밤이 되면 한동안 빛을 발한다는 볼로냐의 형광석 이야기를 들은 적이 있어. 내겐 그 하인이 바로 형광석 같은 존재였어. 로테의 시선이 그의 얼굴과 뺨, 윗저고리 단추, 재킷의 깃에 닿았을 것을 생각하니 그 모든 것이 아주 성스럽고 소중하게 느껴졌어! 그 순간만큼은 누가 1000탈러를 준다 해도 그를 내놓지 않았을 거야. 그 하인과 함께 있는 것만으로도 충분히 행복했거든. 부디 나를 비웃지는 마, 빌헬름. 우리가 행복을 느낄 때 그건 정말 한낱 환상에 불과한 것일까?

7월 19일

"오늘도 로테를 만나는구나!"

날마다 아침에 잠을 깨면 나는 눈부신 태양을 향해 더없이 경쾌한 기분으로 이렇게 소리쳐.

"오늘도 그를 만나는구나."

그렇게 말하고 나면 하루 종일 더 이상 바랄 게 없어. 내 모든 바람은 이 한 가지 소망에 묶여 있지.

7월 20일

너는 내게 공사公使를 따라 ○○○로 가는 게 어떻겠느냐고 했지만 나는 그럴 생각이 없어. 누군가에게 예속되고 싶지 않아서 그래. 게다가 다들 알다시피 공사는 성격이 괴팍하기로 소문난 분이잖아. 내가 무슨 일이든 하길 바란다고 어머니가 말씀하셨다는데, 그 말을 듣고 웃음이 나왔어. 내가 지금 정말 아무것도 안 하는 건가? 완두콩을 세는 것과 제비콩을 세는 게 근본적으로 무슨 차이가 있지? 세상일 가운데 하찮지 않은 일이 어디 있던가? 스스로 뭔가를 이루고픈 열정이나 욕구가 없는데 단지 다른 사람을 위해, 돈이나 명예 따위를 얻으려고 뼈 빠지게 일하는 것은 진짜 바보나 하는 짓이야.

7월 24일

내가 그림 그리는 일을 소홀히 하지 않았으면 하는 너의 뜻은 충분히 알았으니 그 이야기는 더 이상 안 꺼냈으면 해. 다만 그 이후로 그림에 거의 손을 놓고 있는 건 사실이야.

정말이지 요즘처럼 행복했던 적은 없었어. 작은 돌멩이 하나, 작은 풀 한 포기에 이르기까지 자연을 느끼는 내 감성이 이토록 충만했던 적도 없었지. 하지만 안타깝게도 그걸 제대로 표현할 재주가 내겐 없어. 내 표현력이 워낙 부족한 데다 내 영혼 앞에서 모든 것이 종잡을 수 없이 마구 흔들려 윤곽조차 잡을 수 없어. 그렇지만 내게 점토나 밀랍이 있다면 그걸로 뭔가를 빚어보고 싶다는 생각은 들었어. 만약 이런 상태가 좀 더 지속되면 아마 점토를 손에 쥐게 될 거야. 비록 겨우 과자 모양밖에 빚어내지 못할지라도.

　그사이에 나는 로테의 초상화를 그리려고 세 번이나 시도했지만 번번이 실패하고 말았어. 얼마 전까지만 해도 붓이 뜻대로 잘 움직여주었던 터라 더욱 화가 났지. 그러고 나서 로테의 실루엣을 하나 그렸는데, 그건 그럭저럭 마음에 들어.

7월 26일

　사랑하는 로테. 그래요, 내가 모든 것을 잘 처리할 테니 부디 앞으로도 내게 더 많은 일을 맡겨줘요. 다만 한 가지 부탁이 있어요. 앞으로 내게 보내는 편지에는 가급적 모래(이 당시엔 잉크로 글을 쓴 후 잉크가 번지는 것을 방지하기 위해 모래를 뿌렸다−옮긴이)는 뿌리지 말아줘요. 오늘 편지를 받는 즉시 입술에 갖다 댔다가 모래를 씹었답니다.

7월 26일

　로테를 너무 자주 만나지는 말아야겠다는 결심은 이미

여러 번 했어. 하지만 그 결심을 무슨 수로 지키겠어! 나는 매일같이 유혹에 굴복해. 그러고는 내일은 절대 집을 떠나지 않을 거라고 엄숙히 다짐하지. 하지만 그 내일이 오면 또다시 그럴듯한 핑계를 찾아내 어느새 로테 곁에 가 있는 거야. 전날 저녁 헤어질 때 그가 "내일 또 올 거죠?"라고 물었는데 어찌 배기겠어. 그가 뭔가를 부탁했을 때는 내가 직접 찾아가 결과를 알려주는 게 예의이기도 하고. 또 날씨가 좋을 때는 그걸 핑계 삼아 발하임으로 산책을 가기도 해. 일단 거기까지 가면 그의 집까지는 불과 30분 거리밖에 안 되는걸! 지척에 그가 있으니 어찌 참을 수 있겠어. 그럼 어느새 나는 그의 집에 가 있는 거야. 옛날에 할머니한테서 자석산 이야기를 들은 적이 있어. 배가 가까이 다가오면 배에 있는 쇠붙이란 쇠붙이는 모조리 자석처럼 끌어당기는 산 말이야. 못이 몽땅 자석산으로 날아가버리는 바람에 불쌍하게도 배에 타고 있는 사람들은 전부 무너지는 판자 더미 사이에서 난파하고 말지.

7월 30일

알베르트가 돌아왔으니 이제 그만 이곳을 떠나야 할 것

같아. 그가 어느 모로 보나 나보다 뛰어난, 더없이 훌륭하고 고매한 남자가 맞는다면, 그런 완벽한 남자를 눈앞에서 지켜보는 것은 정말 힘들어. 완벽한 남자 말이야! 이제 끝났어, 빌헬름. 로테의 약혼자가 돌아왔어! 정말 근사하고 멋진 남자라 모두에게 호감을 사는 인물이지. 그나마 다행인 것은 로테가 그를 맞이하는 자리에 내가 없었다는 거야. 그 자리에 있었다면 아마 내 가슴은 갈가리 찢어졌을 거야. 게다가 그는 아주 예의 바른 사람이라서 아직까지 내 앞에서 로테에게 키스한 적이 한 번도 없어. 주여, 그의 배려심에 복을 내리소서! 로테를 존중하는 그의 태도 하나만으로도 나는 그를 사랑해야 해. 그는 내게도 상당히 호의적인 태도를 보이고 있어. 아무래도 그건 마음에서 우러나온 감정이 아니라 로테가 그렇게 유도한 것 같아. 여자들은 이런 면에서 상당히 섬세하고 눈치가 빠르거든. 자신을 좋아하는 두 남자가 좋은 관계를 유지하는 게 언제나 여자들한테 이득이 되니까. 물론 그런 일은 아주 드물지.

아무튼 나는 알베르트에게 경의를 표하지 않을 수 없어. 늘 침착함을 유지하는 그의 태도는 감정을 숨기지 못하는 내 성격과 완전히 대조적이야. 그는 감성도 풍부한 데다 로테가 자신에게 어떤 의미인지도 잘 알고 있어. 또 불쾌감을 겉으로 드러내는 경우도 거의 없어. 너도 알다시피 타인에게 불쾌감을 노골적으로 표출하는 것은 내가 가장 증오하는 인간의 죄악이야.

알베르트는 나를 매우 분별력 있는 사람으로 생각해. 그러니 내가 로테에게 집착하고 로테의 일거수일투족에서 큰 기쁨을 느낄수록 그는 더 큰 승리감을 느낄 거야. 그럴수록 로테에 대한 사랑도 더 커질 테고. 어쩌면 그도 사람인지라 사소한 질투심 때문에 로테를 괴롭힐지도 모르지만 그 문제에 대해서는 더 이상 생각하고 싶지 않아. 내가 그의 입장이라도 질투심이라는 악마에 휘둘리지 않을 도리가 없으니까.

친구, 로테 곁에 머무는 기쁨이 다 사라져버린 이 마당에 그거야 아무려면 어때. 내가 멍청했던 걸까, 아니면 눈이 멀었던 걸까? 어느 쪽이든 달라질 건 없어! 사실 자체가 현재의 상황을 말해주고 있으니. 나는 알베르트가 도착하기 전부터 이미 이런 일이 생길 줄 알고 있었어. 로테에게 그 어떤 것도 요구해서는 안 된다는 것 말이야. 실제로도 나는 아무것도 요구하지 않았어. 그러니까 내 말은 그토록 사랑스러운 모습을 보면서도 마음속에 그 어떤 욕망도 품지 않도록 애썼다는 뜻이야. 그러다 마침내 다른 남자가 나타나 정말로 로테를 가로채 가버리니 이 못난이는 그저 눈이 휘둥그레질 수밖에.

나는 이를 악물고서 비참한 내 신세를 스스로 비웃고 있어. 하지만 이런 내게 이제 단념하는 것 말고는 다른 방법이 없다고 말한다면 그자를 두 배, 세 배 더 비웃어줄 거야. 그리고 내게 그런 말을 하는 허수아비 같은 자들에게 당장 꺼지라고 할 거야! 숲속을 이리저리 헤매다 보면 내 발걸음은 어느새 로테의 집을 향해 달려가고 있어. 하지만 집 가까이 다가가 정원의 정자에 알베르트와 로테가 나란히 앉아 있는 것을 보는 순간 그 자리에 우뚝 서서는 어색함을 모면하려 멍청한 바보가 되어 어설픈 익살을 부리거나 장난을 치곤 해. "제발 부탁이에요." 오늘은 로테가 이렇게 말하더군. "엊저녁 같은 모습은 다시는 보이지 말아요. 당신이 너무 익살맞은 모습을 보이면 오히려 겁이 나요." 너한테만 하는 이야기인데, 나는 알베르트한테 바쁜 일이 생기기만을 기다리고 있어. 그럴 때면 나는 얼른 로테에게 달려가. 로테가 혼자 있는 것을 보는 순간 내 마음이 얼마나 편안해지는지.

8월 8일

사랑하는 빌헬름, 이해해줘. 지난번에 어쩔 수 없는 운명에는 순응하는 도리밖에 없다고 말하는 자들을 신랄하게 비난했지만 그건 너를 겨냥해서 한 말은 아니었어. 나는 네가 그와 비슷한 생각을 하고 있을 줄은 상상도 못 했어. 기본적으로는 네 말이 옳을지도 몰라. 하지만 사랑하는 친구여, 꼭 하나 덧붙이고 싶은 말이 있어. 세상일 가운데 양자택일로 결정되는 것은 극히 드물다는 거야. 사람의 감정과 행동 양식은 천차만별이거든. 그건 매부리코와 주먹코 사이에 수없이 많은 코 모양이 존재하는 것과 마찬가지야.

그러니 너의 논리를 대체로 수긍하면서도 이분법만큼은 피하려고 하는 나를 너무 고깝게 생각하지 마.

아마 너는 로테한테 희망을 걸 수 있느냐 없느냐 둘 중 하나라고 말하고 싶을 거야. 전자라면 희망을 끝까지 밀고 나가서 소원을 성취하라고. 하지만 그게 아니라면 마음을 단단히 먹고, 기운을 전부 앗아가 사람을 비참한 구렁텅이에 빠뜨리는 그 감정에서 탈출해야 한다고. 하지만 친구! 말이야 쉽지만 그게 어디 쉽게 행동으로 옮겨지던가.

너는 만성질환에 걸려 서서히 죽음을 향해 다가가고 있는 불행한 사람을 보면 그에게 고통을 종식시키기 위해 단검으로 제 몸을 찌르라고 권할 수 있어? 그의 모든 기력을 앗아가는 그 질병이 환자에게서 질병에서 벗어날 수 있는 용기마저 앗아간 건 아닐까?

물론 너도 비슷한 비유를 들어 내 말에 반박할 수 있겠지. 누구든 우물쭈물 망설이다 목숨이 위태로워지느니 차라리 한쪽 팔을 내주고 목숨을 건지는 쪽을 택하지 않겠느냐고. 나는 잘 모르겠어! 그러니 비유를 들어 논박을 이어가는 것은 이쯤에서 그만두는 게 좋겠어. 맞아, 빌헬름. 가끔은 내게도 자리를 박차고 일어나 모든 것을 다 떨쳐버릴 용기가 생기는 순간이 있어. 그 순간 내가 어디로 가야 할지 깨닫는다면 나는 분명 그리로 갈 거야.

8월 8일 저녁

한동안 팽개쳐두었던 일기장을 오늘 우연히 다시 읽게 됐어. 놀랍게도 나는 모든 것을 잘 알면서도 스스로 이런 상황에 한 걸음씩 빠져들고 있었어! 언제나 내가 처한 상황을 명확히 인식하고 있었으면서도 어린아이처럼 행동한 거지. 문제는 지금도 그렇다는 것을 잘 아는데, 나아질 기미가 조금도 안 보인다는 거야.

8월 10일

어리석게 굴지만 않으면 나는 세상에서 제일 행복한 삶

을 누릴 수 있어. 모든 상황들이 지금 내 경우만큼 한 인간의 마음을 기쁘게 해줄 수 있도록 이상적으로 조합되기도 쉽지 않을 거야. 아, 우리의 행복이 오로지 마음먹기에 달려 있다는 것은 분명해. 나는 지금 더없이 화목한 가정의 일원이 되어 노인에게는 아들 같은 사랑을 받고 아이들한테는 친아버지처럼 존경받고 더불어 로테의 사랑까지 받고 있어! 게다가 고매한 인품의 알베르트는 절대 변덕스럽고 무례한 언동으로 내 행복을 방해하지 않아. 그는 진심 어린 우정으로 나를 감싸주고, 세상에서 로테 다음으로 나를 아껴주고 있어! 빌헬름, 우리 둘이 같이 산책하면서 로테에 대해 주고받는 이야기를 혹시 누가 듣는다면 꽤 우습게 들릴지도 몰라. 사실 우리 세 사람의 관계만큼 이상한 관계도 세상에 없을 거야. 하지만 그 생각을 하면 종종 눈물이 솟곤 해.

알베르트한테서 로테의 어머니 이야기를 들었어. 현모양처였던 그분은 임종이 가까워지자 로테에게 집안 살림과 어린 동생들을 맡기고 알베르트에게는 로테를 간곡히 부탁하셨다는군. 그 후 로테는 완전히 다른 사람이 되어 어머니 못지않게 정성을 다해 집안 살림을 꾸려나갔다고 해. 늘 일을 손에서 놓지 않고 주변 사람들에게 사랑을 베풀면서 말이야. 그런데도 로테는 밝고 쾌활한 모습을 잃은 적이 없었다는군. 알베르트와 나란히 걸어가면서 나는 길가에 핀 들꽃을 꺾어 정성껏 꽃다발을 만들었어. 그러고는 흘러가는 강물에 꽃다발을 힘껏 던지고 물살에 천천히 떠내려가는 모습을 지켜봤지. 너한테 편지로 이 이야기를 했는지 모르겠는데, 알베르트는 앞으로 계속 이곳에 머물 예정이야. 또 궁정에서 꽤 대우가 좋은 관직을 맡았다더군. 궁정에서 그의 평판은 아주 좋아. 내가 아는 사람 중에 알베르트만큼 부지런하고 매사 일처리가 꼼꼼한 사람도 드물 거야.

8월 12일

알베르트는 정말 세상에서 보기 드물게 훌륭한 사람이야. 그런 사람과 어제 뜻밖에도 이상한 논쟁을 벌이고 말았어. 문득 산으로 여행을 떠나고 싶은 마음이 들어 작별인사차 찾아간 자리에서 벌어진 일이지. 실은 지금 이 편지도 산에서 쓰는 중이야. 어제 알베르트의 방에서 서성거리고 있는데, 권총 몇 자루가 눈에 띄더군.

"이번 여행길에 권총을 좀 빌려갈 수 있을까요?" 내가 말했지.

"그렇게 하십시오." 그가 대답했어. "하지만 총알은 직접 장전하시기 바랍니다. 여기 있는 총들은 장식용으로 걸어둔 것이라서요."

내가 벽에서 권총 한 자루를 내리자 알베르트가 말을 이었어. "예전에 사고가 있었거든요. 조심한다는 것이 오히려 어처구니없는 불상사로 이어지는 바람에 그 후로는 총에 오만 정이 다 떨어졌어요."

나는 대체 무슨 일이 있었던 거냐고 물었지.

"시골에 있는 한 친구 집에서 석 달쯤 머문 적이 있어요." 알베르트가 이야기를 시작했어. "당시 비록 장전되지는 않았지만 권총 몇 자루를 지니고 있으니 마음 편히 잠을 잘 수 있더라고요. 비가 오던 어느 날 오후에 하는 일 없이 앉아 있는데, 문득 누군가 우리를 습격할지도 모른다는 생각이 뇌리를 스쳤어요. 그럼 권총이 필요할 수도 있으니 제대로 장전해놔야겠다고 생각했지요. 왜 그런 생각이 들었는지는 모르겠어요. 하지만 아마 당신도 그런 기분 잘 이해할 겁니다. 나는 즉시 하인을 불러 권총을 건네면서 잘 닦은 후에 장전해놓으라고 지시했어요. 그런데 그 하인이 하인들과 장난을 치다가 좀 놀라게 해줄 심산이었나봐요. 자세한 경위는 알 수 없지만 권총에 들어 있던 꽂을대(총포에 화약을 재거나 총열 안을 청소할 때 쓰는 쇠꼬챙이―옮긴이)가 그만 발사된 겁니다. 꽂을대가 어떤 하인의 오른손을 뚫고 들어가 엄지손가락 뼈가 으스러졌어요. 나는 비탄에 빠졌고 결국 내가 치료비까지 전부 물어줘야 했죠. 그 이후로 나는 모든 총기를 장전하지 않은 상태로 보관합니다. 친구, 그러니 아무리 조심해봤자 소용없어요. 위험은 늘 우리의 예상 범위를 벗어나니까요! 다만…….”

알다시피 나는 알베르트를 몹시 좋아해. 하지만 그가 덧붙이는 ‘다만’이라는 말은 예외야. 어떤 보편적인 법칙에도 예외가 있다는 사실을 모를 사람이 누가 있어. 하지만 그는 지나치게 용의주도해. 자신이 경솔하거나 두루뭉술하게 말했다 싶으면, 또 진실이 확인되지 않은 이야기를 했다 싶으면 그는 끊임없이 자신의 발언에 유보 조항을 달거나 수정하거나 첨삭을 함으로써 결국에는 발언의 요지가 뭐였는지조차 알 수 없게 만들어버려.

이번에도 알베르트는 지나치리만큼 자신의 주장에 심취했어. 그래서 나는 그의 말을 한 귀로 흘리면서 이런저런 망상에 빠져들었지. 그러다 나도 모르게 총구를 내 오른쪽 눈 위, 이마에 가져다 댄 거야. “맙소사!” 알베르트가 내 손에서 권총을 낚아채면서 소리쳤어. “대체 이게 무슨 짓입니까?” “총알이 장전돼 있지 않다면서요?” 내가 말했어. “그렇다고 이런 짓을 합니까?” 그가 흥분하며 소리쳤어. “도무지 이해할 수가 없군요. 얼마나 어리석으면 제 몸에 총을 쏠 수 있는 거죠? 나는 생각만 해도 욕지기가 올라오는데.”

“당신 같은 사람들은 무슨 이야기만 나왔다 하면 금세

'그건 어리석다, 현명하다, 좋다, 나쁘다!' 하는 식으로 단정 짓는 버릇이 있네요." 내가 소리치며 반박했어. "하지만 그런 말로 모든 것을 설명할 수 있을까요? 그런 행동을 하게 된 속사정은 다 고려해본 건가요? 왜 그런 일이 벌어졌는지, 왜 그런 일이 벌어질 수밖에 없었는지 그 이유를 확실하게 파악할 수 있나요? 만약 그랬다면 그토록 성급하게 단정 짓지는 못할 겁니다." "동기에 상관없이 죄악시되는 행위가 있다는 것은 당신도 인정할 겁니다." 알베르트가 말했어. 나는 어깨를 으쓱하며 그의 말을 시인했어. "하지만 알베르트 씨, 그럴 경우에도 예외는 있는 법이지요." 내가 다시 말을 이었어. "절도는 분명 죄악입니다. 하지만 당장 굶어 죽을 처지에 있는 자신과 가족을 위해 도둑질을 했다면 그 사람은 동정을 받아야 할까요, 처벌을 받아야 할까요? 불륜을 저지른 아내와 비열한 정부를 단죄한 남편에게 누가 먼저 돌을 던질 수 있나요? 더할 나위 없는 행복감과 거역할 수 없는 사랑의 환희로 인해 이성을 놓아버린 아가씨에게 과연 누가 돌을 던질 수 있나요? 우리의 법은 물론이고, 지극히 냉철하고 고루한 사람들도 분명 정상을 참작해 처벌을 철회할 겁니다." "그건 완전히 별개의 문제입니다." 알베르트가 반박했어. "열정에 사로잡혀 모든 판단력을 상실한 사람은 술꾼이나 광인과 다를 바 없어요." "아아, 당신네 이성적인 사람들은 도무지 어쩔

84

수가 없군요!" 나는 미소를 지으며 소리쳤어. "열정! 취기! 광기! 당신 같은 도덕주의자들은 늘 그렇듯 무심하게 수수방관하면서 술꾼들을 비난하고 광인들을 혐오하죠. 그리고 성직자들처럼 그들 곁을 스쳐 지나가면서 바리새인들처럼 자신이 그런 사람으로 태어나지 않은 것을 하느님께 감사드리고요. 나는 술에 취한 적이 여러 번 있어요. 내 열정은 광기와 크게 다를 바 없고요. 하지만 나는 결코 후회하지 않습니다. 왜냐고요? 위대한 일, 불가능한 일에 매달리는 비범한 사람들은 옛날부터 술주정뱅이나 미치광이로 매도되었다는 사실을 잘 알고 있으니까요. 하지만 평범한 삶에서까지 그런 취급을 받는다면 정말 참기 힘들 겁니다. 누군가 예상치 못했던 자유롭고 고결한 일을 했을 때 아직 그 일이 진행 중임에도 뒤에서 '저자는 지금 술에 취해서 그래, 저자는 멍청해서 저러는 거야!'라며 이런저런 뒷말을 수군거리는 거 말입니다. 그러니 자신이 이성적이고 현명하다고 자부하는 자들은 창피한 줄 알아야 합니다!" "당신은 또다시 궤변을 늘어놓고 있습니다." 알베르트가 말했어. "당신은 모든 걸 과장하는 버릇이 있어요. 우리는 지금 자살 행위에 대해 말하고 있어요. 적어도 그걸 위대한 행위와 비교하는 것만큼은 확실히 틀렸다고 할 수 있지요. 자살은 나약함의 결과로 볼 수밖에 없어요. 고통스러운 삶을 꿋꿋이 견뎌내기보다 그냥 목숨을 끊는 편이 더 쉽다고 생각해서 그런 거니까요." 나는 그쯤에서 대화를 끝내려고 했어. 이쪽은 진지하게 대화에 임하는데, 상대방은 알맹이 없는 진부한 말로 응수하니 화가 날 수밖에.

하지만 나는 애써 마음을 다잡았어. 이미 그런 이야기를 자주 들었고 그때마다 번번이 화를 냈던 터라 이번에는 흥분을 가라앉히고 조금 강한 어조로 대답했어. "나약함이라고 했나요? 부디 겉모습에 현혹되지 마십시오. 폭군의 무자비한 압제에 시달리며 살던 민족이 참다못해 결국 들고일어나 압제의 쇠사슬을 끊어버리는 경우에도 당신은 그들을 나약한 민족이라고 부를 건가요? 자신의 집이 불길에 휩싸여 있는 것을 보고 화들짝 놀라 극도로 긴장한 나머지 평소라면 절대 들지 못했을 무거운 짐을 번쩍 들어 올리는 사람, 모욕을 당해 격분한 나머지 여섯 명과 대결해 제압해버린 사람, 이런 사람들도 나약하다고 할 건가요? 당신은 지금 적당한 긴장감 속에서 이루어지는 행위는 강인한 행위라고 하면서 극도의 긴장감 속에서 이루어진 행위는 나약한 행위라고 부르는 건가요?" 알베르트가 나를 물끄러미 쳐다보더니 이렇게 말했어. "내 말을 너무 기분 나쁘게 듣지 마십시오. 다만, 지금 당신이 거론한 사례들은 이 경우에 적합하지 않다고 생각하는 것뿐입니다." "물론 그럴 수도 있겠죠." 내가 말했어. "내가 펼치는 논리가 두서없다는 비난을 한두 번 들은 것도 아니니까요. 그럼 평소라면 편안하게 느꼈을 삶의 무게가 문득 너무 무겁게 느껴져 결국 삶을 포기하기로 결심한 사람의 심정은 과연 어떨지, 우리 한번 다른 시각에서 헤아려보도록 하죠. 적어도 그 사람의 심정에 마음 깊이 공감할 수 있어야만 그 문제를 거론할 자격이 생기니까요."

"인간의 본성에는 한계가 있습니다." 나는 이야기를 계속했어. "인간은 본래 기쁨이나 슬픔, 고통 같은 감정을 어느 정도까지는 잘 참아내지만 도를 넘는 순간 무너지게 되어 있습니다. 이때 그 사람이 강하냐 약하냐 하는 것은 문제가 아닙니다. 관건은 도덕적인 것이든 육체적인 것이든 자신에게 주어진 고통을 어느 정도까지 참아낼 수 있는가입니다. 지독한 열병에 걸려 죽어가는 사람을 겁쟁이라고 부르는 것이 부당한 것처럼, 자살하는 사람을 겁쟁이라고 부르는 것 또한 적절치 않습니다."

"그건 억지입니다. 말도 안 되는 억지라고요!" 알베르트가 소리쳤어.

"당신이 생각하는 것만큼 터무니없는 주장은 아니죠." 내가 반박했지. "죽을병이라는 말을 당신도 알 겁니다. 육신이 심하게 병들고 기력이 쇠해 무슨 수를 써도 다시 정상적인 삶을 살아갈 가망이 없는 병을 그렇게 부릅니다.

알베르트, 이제 그걸 정신에 한번 적용시켜보도록 하죠.

여기 궁지에 몰린 사람이 하나 있다고 칩시다. 그는 주변 모든 것에 크게 영향을 받고 온갖 상념들을 떨쳐내지 못한 채 편협한 삶을 살아가다가, 마침내 갈수록 커지는 열정으로 인해 평정심을 잃고 파국에 이르게 됩니다.

그럴 때는 차분하고 이성적인 사람이 그 불행한 사람의 처지를 십분 이해해서 진심 어린 조언을 한다 해도 아무 소용이 없습니다! 그건 건강한 사람이 환자의 침대 옆에서 환자에게 자신의 기운을 불어넣어줄 수 없는 것과 마찬가지입니다."

하지만 알베르트는 내 이야기를 그냥 일반론으로 치부해버렸어. 그래서 나는 얼마 전 물에 빠져 죽은 어느 아가씨를 상기시킨 뒤 다시 그 여자의 이야기를 들려줬어. "그는 젊고 착한 아가씨였어요. 세상물정은 잘 모른 채 집안일과 매주 정해진 일을 하면서 살았죠. 그에게 낙이라면 일요일에 가끔 그동안 장만해둔 나들이옷으로 치장하고 비슷한 처지의 아가씨들과 교외를 산책하는 것, 성대한 축제가 열릴 때 무도회에서 춤을 추는 것, 가끔 남의 뒷소문이나 다툼 등에 대해 이웃집 여자와 몇 시간씩 신나게 수다를 떠는 것 정도였어요. 하지만 주위에 남자들이 자꾸 꼬여들어 아첨하기 시작하면서 원래 열정적이었던 그는 은밀한 욕망에 눈을 뜨게 됐지요. 지금까지 인생의 낙이었던 일들이 시들해지던 차에 그는 드디어 한 남자를 만났어요. 그리고 이제껏 경험해보지 못한 감정에 푹 빠지게 됐어요. 그는 자신의 모든 희망을 그 남자한테 걸었습니다. 이제 그는 주변 세상을 완전히 잊어버렸어요. 급기야 그 남자 외에는 아무것도 눈에 안 보이고, 아무것도 귀에 들리지 않을 정도가 됐어요. 그가 느끼는 것은 오로지 그 남자 하나였고, 오로지 그 남자 하나만을 그리워했지요. 그가 변덕스러운 허영심에서 오는 공허한 쾌락에 빠진 것은 아니었어요. 그는 자신의 목적을 향해 직진했어요. 그 남자의 아내가 되는 것이요. 그 남자와의 영원한 결합을 통해 그는 이제껏 느껴보지 못한 행복과 늘 갈망해오던 온갖 기쁨을 누려 보려 했던 거예요. 그의 모든 희망을 꼭 이뤄주겠다던 남자의 거듭된 맹세와 욕정을 부추기는 진한 애무가 그의 마음을 완전히 사로잡았지요. 그는 몽롱한 정신으로 앞으로 누리게 될 온갖 기쁨을 꿈꿨어요. 그리고 한껏 기대에 부풀어 모든 소망을 단번에 움켜쥐기 위해 두 팔을 활짝 벌렸죠. 하지만 애인은 그를 버리고 떠났어요. 거의 넋이 나간 여자는 뻣뻣하게 굳은 몸으로 절벽 앞에 섰어요. 그의 주변은 온통 암흑세계였어요. 아무런 희망도 없고, 어떤 것도 위로가 되지 않았으며, 앞으로 어떻게 해야 할지도 알 수 없었어요! 그의 존재 이유였던 남자가 그를 떠났으니까요. 눈앞에 넓은 세상이 펼쳐져 있었으나 보이지 않았고, 상실감을 메워줄 수 있는 수많은 것들이 눈에 안 들어왔던 거예요. 그는 자신이 세상으로부터 철저히 버림받은 외톨이라고 느꼈어요. 결국 엄청난 심적 고통에 쫓긴 나머지 그는 죽음으로 모든 고통에서 벗어나기 위해 낭떠러지 아래로 몸을 내던졌어요. 자, 보십시오, 알베르트. 세상에는 이런 슬픈 사연을 가진 사람들도 많습니다! 자, 대답해보십시오. 아까 언급했던 질병과 이번 경우가 다른 게 뭐죠? 온갖 모순된 힘들이 마구 뒤엉켜 있는 미로 속에서 출구를 찾지 못한 사람은 결국 죽음을 택할 수밖에 없습니다. 그것을 가만히 지켜보기만 하다가 '어리석은 여자 같으니라고! 시간이 해결해줄 때까지 조금만 더 참고 기다렸으면 절망감도 가시고 너를 위로해줄 다른 남자도 나타났을 텐데'라고 말하는 사람에게 벌을 내리소서! 그건 '어리석은 바보 같으니라고! 그까짓 열병 때문에 죽는 게 말이 돼? 기력이 회복되고 체액이 정화되고 펄펄 끓던 열이 내릴 때까지만 기다렸으면 모든 게 다 괜찮아졌을 거야. 당연히 지금까지 살아 있을 테고!'라고 말하는 것과 매한가지이니까요."

하지만 알베르트는 내 비유가 잘 납득이 안 된다는 듯 다시 몇 가지 반론을 제기했어. 내가 든 사례는 단지 어느 순진한 아가씨의 이야기에 불과하다는 것도 그중 하나였지. 그러면서 편협하지 않고 상황을 좀 더 넓은 시각으로 파악할 수 있는 이성적인 사람이 그런 행동을 했다면 그 사람을 어떻게 용서해야 할지 모르겠다는 말도 했어. "알베르트." 나는 크게 외쳤어. "그 역시 어쩔 수 없는 인간일 뿐입니다. 열정이 불타오르는데 인간성의 한계가 사람을 짓누르면 우리가 지닌 약간의 이성은 거의 소용이 없어요. 아니, 전혀 소용이 없습니다. 오히려…… 나머지 이야기는 다음으로 미루는 게 좋겠군요." 그 말을 끝으로 나는 모자를 집어 들었어. 아아, 가슴이 답답해 미칠 것 같더군. 그렇게 우리는 서로를 이해하지 못한 채 헤어졌어. 다른 사람의 마음을 이해하는 것이 이렇게 힘든 일이라니.

8월 15일

우리에게 이 세상에서 사랑보다 더 중요한 게 있을까? 아마 없을 거야. 나는 로테의 태도에서 그가 나를 잃고 싶어 하지 않는다는 것을 느껴. 아이들 역시 아침이면 으레 내가 찾아올 거라고 믿고 있어. 오늘은 로테의 피아노를 조율하러 갔어. 그런데 아이들이 내 뒤를 따라다니면서 옛날이야기를 해달라고 조르는 통에 조율할 시간이 없었어. 로테까지 나서서 아이들 부탁을 들어주라고 거들었지. 나는 그 전에 먼저 아이들에게 저녁 식사용 빵을 잘라줬어. 요즘은 내가 나눠주는 빵도 로테가 주는 빵 못지않게 잘 받아먹어. 그러고 나서 나는 여러 개의 손이 나타나 시중을 들어주는 어떤 공주의 이야기(프랑스 동화작가 마리 카트린 돌누아 백작부인의 동화「흰 고양이」에 등장하는 이야기-옮긴이)를 들려줬지. 분명한 것은 그 과정에서 나도 배우는 게 많다는 거야. 아이들이 내 이야기를 듣고 깊은 감동을 받는 것을 보면 감탄이 절로 나와. 같은 이야기를 두 번 들려줄 경우 종종 부수적인 내용을 잊어버리는 바람에 적당히 둘러댈 때가 있어. 그럼 아이들은 곧바로 지난번 내용과 다르다고 지적해. 그래서 요즘 나는 이야기를 노래하듯 리듬에 맞춰 줄줄 암송하는 연습을 하고 있어. 그걸 통해 배운 게 하나 있는데, 작가가 어떤 작품의 개정판을 낼 경우 문학적인 수준은 높아질지 모르지만 그 과정에서 불가피하게 작품에 손상이 일어날 수도 있다는 거야. 첫인상이 그만큼 강력하게 독자들의 뇌리에 남아 있기 때문이지. 인간은 아무리 황당무계한 이야기라도 쉽게 믿게끔 되어 있어. 또 일단 믿게 되면 기억에 아주 깊이 뿌리박히기 때문에 그 기억을 다시 긁어내거나 소멸시키는 것은 아주 힘든 일이야.

8월 18일

　인간에게 행복을 가져다주는 것이 동시에 불행의 원천이 되는 이유는 뭘까?

　생동하는 자연에서 느끼는 따스하고 벅찬 감정은 내게 커다란 환희를 안겨주고 주변 세계를 낙원으로 만들어줬지만, 지금은 오히려 사람에게 고통을 주는 악령이 되어 나를 집요하게 쫓아다니며 괴롭히고 있어. 예전에는 바위산에서 시작해 강줄기를 따라 그 너머 언덕들에 이르는 풍요로운 골짜기를 내려다볼 때면, 세상 만물이 싹트고 피어나는 것을 볼 때면, 또 산기슭에서부터 산마루까지 커다란 나무들이 빽빽하게 들어찬 저 산들과 더없이 정겨운 숲 그늘 아래로 구불구불 펼쳐진 골짜기들을 바라볼 때면, 강물은 소곤거리는 갈대 사이로 유유히 빠져나가고 해질 녘 부드러운 산들바람이 하늘에 흩어놓은 구름들은 햇빛에 반사되곤 했어. 그리고 숲속 여기저기서 지저귀는 새들의 노랫소리에 숲은 더욱 활력을 찾았고, 저물어가는 붉은 저녁노을 속에서 수많은 모기떼가 제멋대로 춤을 추었어. 반짝거리는 마지막 햇살에 풀숲에서 해방된 풍뎅이들은 윙윙거리며 날아다녔지. 주변의 윙윙거리는 소리며 분주한 움직임에 놀라 땅바닥을 내려다보면 내가 딛고 서 있는 단단한 바위에서 양분을 섭취하는 이

끼와 메마른 모래언덕 아래까지 퍼진 수풀이 눈에 들어왔어.
자연의 내부에서 성스러운 생명이 보이지 않게 계속 타오르
고 있었던 거야. 그걸 깨달을 때마다 나는 뜨거운 가슴에 그
모든 것을 품고 넘쳐흐르는 충만함 속에서 마치 신이라도 된
기분이었어. 그럴 때면 무한한 세계의 장엄한 형상들이 내
영혼 속에서 생기 있고 활발하게 움직이기 시작했어. 거대한
산들이 나를 에워쌌고, 낭떠러지들이 내 앞에 펼쳐졌지. 폭
우에 급격히 불어난 계곡물이 콸콸 쏟아져내리고 발밑에서
는 개울물이 도도히 흐르고 숲과 산에서는 메아리가 울려 퍼
졌어. 나는 땅속 깊은 곳에서 수수께끼 같은 힘들이 서로 영
향을 주고받으며 창조 활동을 하는 것을 봤어. 그렇게 생겨
난 온갖 종류의 피조물들이 하늘과 땅 사이에서 우글거리고
있는 거야. 삼라만상은 그야말로 수천 가지 형상을 한 채 이
세상에 모여 살고 있어. 그런데 우리 인간은 집이라는 거처
를 마련해 그 안에서 서로를 안전하게 지켜주면서 자신들이
넓은 세상을 지배한다고 생각하는 거야! 불쌍하고 멍청한 존
재 같으니라고! 저 자신이 하찮은 존재이기 때문에 세상 모
든 것들이 하찮게 보이는 줄도 모르고 말이야. 영원한 창조
주의 숨결은 접근이 힘든 험준한 산악지대에서부터 사람의
발길이 닿지 않은 황무지를 지나 미지의 대양 끝에 이르기까
지 미치지 않는 곳이 없을 뿐만 아니라 그 숨결을 받아 살아

가는 티끌 하나까지도 기쁘게 반기시는데. 아아, 그 시절에 나는 얼마나 자주 하늘을 나는 두루미의 날개에 올라타 끝없이 펼쳐진 저 바다 건너편까지 가보고 싶었던가! 또 무한한 창조주의 거품이 이는 잔으로 넘쳐나는 생명의 환희를 얼마나 마셔보고 싶었던가! 자신을 통해서 만물을 창조해내시는 그 성스러운 존재의 지대한 행복을 내 안에서, 또 미약한 힘이나마 내 가슴으로 단 한 방울만이라도, 단 한순간만이라도 느껴보기를 얼마나 갈망했던가!

형제여, 요즘 나는 그 시절을 추억하는 것만으로도 행복을 느껴. 어떤 말로도 형언하기 힘들었던 그 욕망들을 이렇게 되살려 표현하려 애쓰는 것만으로도 내 영혼이 드높이 고양되는 기분이야. 하지만 그럴수록 지금 내가 처한 상황이 얼마나 암울한지 몇 배나 더 절실히 느끼게 돼.

내 영혼을 가리고 있던 장막이 걷혀버린 것 같아. 그러자 무한한 삶의 무대가 바로 내 눈앞에서 영원히 입을 벌리고 있는 무덤 같은 심연으로 변해버렸어. 모든 것이 그냥 스쳐 지나갈 뿐인데도 너는 '그건 존재해!'라고 말할 수 있을까? 모든 것은 번개 치듯 일순간에 지나가버리기 때문에 존재를 지탱하는 데 필요한 힘을 유지하기 힘들고, 결국에는 세찬 물살에 휩쓸려 깊이 가라앉았다가 바위에 부딪쳐 박살 나버리는데도? 너와 네 주변 사람들을 소진시키지 않고 그냥 지나가는 순간이란 결코 있을 수 없어. 너 또한 파괴자가 아닌 순간은 결코 있을 수 없어. 너는 항상 파괴자일 수밖에 없어. 아무런 해를 끼치지 않는다는 산책에서조차 수많은 불쌍한 벌레들의 생명을 앗아가게 돼 있지. 단 한 발자국만으로 어렵게 쌓아 올린 개미집을 무너뜨리고 그 작은 세계를 비참한 무덤으로 만들어버려. 맞아, 어쩌다 한 번 일어날까 말까 한 대재앙, 마을을 송두리째 휩쓸어가는 홍수, 도시를 삼켜버리는 지진 따위는 결코 내 마음을 뒤흔들지 못해. 내 마음을 무너뜨리는 것은 오히려 삼라만상 속에 숨겨져 있는 소모적인 힘, 바로 그거야. 자연이 키워낸 그 힘은 제 이웃은 물론이고 자기 자신도 파괴해버려. 그래서 하늘과 땅, 내 주위에서 작동하는 온갖 힘들에 둘러싸인 나는 불안과 현기증을 느끼며 살아가고 있어. 내 눈에는 오로지 영원히 집어삼키고 영원히 되새김질하는 괴물들만 보여.

8월 21일

아침에 비몽사몽 상태로 잠을 깰 때면 나는 혹시나 싶어 로테를 찾아 팔을 쭉 뻗어보곤 해. 물론 그가 잡힐 리 없지. 밤에도 나는 그를 찾아 헛되이 침대를 더듬어보곤 해. 나란히 초원에 앉아서 그의 손을 잡고 그 손에 수없이 입을 맞추는 순수하고 행복한 꿈이 현실이 아닌 걸 깨닫는 순간에도. 아아, 이렇게 비몽사몽간에 더듬거리며 그를 찾다가 잠에서 깨어나는 순간 가슴이 먹먹해지면서 눈물이 왈칵 쏟아져. 내 미래가 너무 암담해 절망의 눈물을 흘리는 거야.

8월 22일

  빌헬름, 나의 활동력과 불안한 게으름이 적절한 균형을 찾지 못하는 건 참 불행한 일이 아닐 수 없어. 나는 요즘 넋 놓고 빈둥거리는 건 아닌데, 그렇다고 딱히 뭔가를 열심히 하는 것도 아니야. 상상력은 사라졌고 자연을 봐도 아무런 감흥이 없어. 책은 쳐다만 봐도 신물이 날 정도야. 자신의 본성을 잃게 되면 모든 것을 잃는 거나 마찬가지지. 차라리 내가 날품팔이였으면 얼마나 좋을까 싶을 때가 있어. 맹세할 수도 있어. 날품팔이는 적어도 아침에 눈을 떴을 때 그날 하루에 대한 기대나 열망, 또는 희망을 품을 수 있을 테니까. 가끔 서류더미에 파묻혀 사는 알베르트가 몹시 부러울 때도 있어. 지금 내가 알베르트라면 얼마나 행복할까 상상해보게 돼. 너랑 장관한테 공사관 일자리를 부탁하는 편지를 써볼까

하는 생각도 벌써 몇 번이나 했어. 장관이 그 요청은 거절하지 않을 거라고 네가 장담했잖아. 나도 분명 그럴 거라고 생각해. 안 그래도 오래전부터 나를 아껴왔던 장관님께서 내가 어떤 일이든 해야 한다고 충고한 적이 있거든. 한 시간쯤은 그렇게 하는 게 좋을 것 같다고 생각했어. 하지만 나중에 다시 진지하게 생각하다 보니 지금 내 상황에 딱 어울리는 우화가 하나 떠올랐어. 자유로운 삶에 싫증 난 말이 자청해서 제 등에 안장과 마구를 얹어달라고 했다가 결국 혹사당한 끝에 죽었다는 우화 말이야. 정말 어찌해야 좋을지 모르겠어. 사랑하는 친구! 내가 자꾸 상황의 변화를 꾀하려는 것은 어쩌면 내 마음속에 잠재되어 있는 불편한 조바심 때문일지도 몰라. 내가 어디를 가든 조바심이 늘 나를 쫓아다니면서 괴롭히고 있어.

8월 28일

내 병이 고칠 수 있는 병이라면 그걸 해줄 수 있는 사람은 바로 이 사람들이야. 오늘은 내 생일이라고 아침 일찍 알베르트한테서 작은 소포가 왔어. 소포를 열어 보니 연분홍색 리본이 눈에 띄었어. 로테를 처음 만난 날 그가 가슴에 달고 있던 리본인데, *그* 뒤로 내가 갖고 싶다는 뜻을 여러 번 피력한 적이 있거든. 리본 말고 12절판 크기의 작은 책 두 권도 함께 들어 있었어. 베트슈타인판 작은 호메로스 책이었어. 산책할 때 에르네스티판을 들고 다니는 게 좀 부담스러워서 예전부터 늘 갖고 싶었는데, 그걸 어떻게 알고 준비했는지 그저 놀라울 따름이야. 그들은 이렇게 내가 원하는 것을 미리 헤아려주고, 우정의 이름으로 온갖 작은 호의를 베풀곤 해. 선물하는 사람의 허영심으로 받는 사람을 수치스럽게 만드는 화려한 선물보다 이게 수천 배는 더 값진 선물이라 할 수 있지. 나는 리본에 수없이 입을 맞췄어. 그리고 숨을 쉴 때마다 다시는 돌아오지 못할, 나를 기쁨으로 가득 채워준 몇몇 행복한 날들의 추억을 떠올렸어. 빌헬름, 요즘 내 처지가 이래. 그래도 불평하고 싶지는 않아. 인생의 꽃이라는 것도 알고 보면 단지 환상에 불과하거든! 세상에 흔적 하나 남겨놓지 못하고 그냥 사라지는 꽃들이 쌔고 쌨어. 열매를 맺는 꽃은 소수에 불과하고, 설사 열매를 맺더라도 제대로 무르익는 열매는 또 얼마나 적은데. 하지만 그 정도만 있어도 충분해! 오, 나의 친구. 그런데도 이 무르익은 열매들을 등한시하고 조롱하고 맛도 안 본 채 그냥 썩게 내버려둬도 되는 걸까?

잘 지내, 친구! 정말 멋진 여름이야! 나는 종종 과일 수확할 때 쓰는 기다란 장대를 갖고서 로테의 정원에 있는 과

일나무 위에 올라가 꼭대기에 달린 배를 따곤 해. 로테는 나무 밑에서 내가 내려주는 배를 받지.

8월 30일

이 불행한 인간아! 대체 왜 그렇게 멍청한 거야? 왜 자신을 기만하는 거야? 미친 듯이 날뛰는 이 끝없는 격정을 대체 어쩔 셈이야? 나는 이제 로테를 향해서만 기도해. 내 상상력은 오로지 그를 향해서만 작동하고, 이 세상 모든 것은 오로지 그와의 관계 속에서만 내 시선을 끌어. 그런 식으로 나는 자주 행복한 시간을 보내고 있어. 물론 로테와 다시 헤어져야 할 시간이 오기 전까지만 말이야! 아, 빌헬름! 요즘 내가 진정으로 원하는 게 뭔지 도통 모르겠어! 로테하고 두세 시간쯤 같이 있다 보면 그의 얼굴과 행동, 고상한 말투에만 정신이 팔려서 신경이 극도로 예민해져. 그럼 눈앞이 흐릿해지고 귀에서는 아무 소리도 안 들려. 마치 암살자가 내 목을 조르는 것 같은 기분이야. 그때부터는 심장박동이 빨라지고 숨이 막혀서 호흡도 거칠어져. 갈수록 모든 감각에 혼란이 오는 거지. 빌헬름, 나는 가끔 내가 정말 이 세상에 존재하고 있는 게 맞나 의문이 들어! 간혹 견딜 수 없는 슬픔이 밀려올 때 로테가 나를 가엾게 여겨 제 손을 부여잡고 눈물을 펑펑 쏟아도 된다는 서글픈 위로를 허락하지 않으면, 나는 슬픔을 주체하지 못하고 그 자리에서 밖으로 뛰쳐나가 들판을 이리저리 헤매고 다녀. 가파른 산을 기어오르기도 하고 길도 없는 숲속을 헤치며 가다가 덤불에 긁히고 가시에 찔리기도 하지. 그러고 나면 기분이 조금은 나아지거든! 그야말로 조금! 그러다 피로와 갈증을 못 이겨 도중에 아무 데나 드러누운 적도 몇 번 있어. 하늘에 보름달이 높이 떠 있는 한밤중에 상처 난 발바닥을 잠시나마 쉬게 하려고 한적한 숲속의 어느 굽은 나뭇등걸에 걸터앉았다 지친 나머지 어스름한 달빛 속에서 나도 모르게 잠이 든 적도 있지! 오, 빌헬름! 나는 한적한 작은 방, 털로 지은 옷, 가시나무로 엮은 허리띠, 그거면 족해. 내 영혼이 간절히 바라는 것은 그런 것들이야. 잘 지내! 무덤에 들어가기 전까지는 나의 이 비참한 삶이 끝나지 않을 거야.

9월 3일

이제 이곳을 떠날 거야! 빌헬름, 결단을 내리도록 도와줘서 고마워. 덕분에 흔들리는 마음을 다잡을 수 있었어. 떠나겠다는 생각을 한 지는 2주쯤 됐지만 이제 정말 실행에 옮겨야겠어. 로테는 다시 시내에 있는 친구 집에서 머물고 있어. 알베르트는…… 아무튼 나는 떠나야 해!

9월 10일

고통스러운 밤이었어! 빌헬름! 이제 나는 뭐든 극복할 수 있어. 다시는 로테를 만나지 않을 작정이야! 너를 부둥켜 안고 눈물을 펑펑 쏟으며 이 벅찬 감정을 다 털어놓을 수만 있다면 얼마나 좋을까. 마음속에서 휘몰아치는 온갖 느낌과 감회 말이야. 나는 여기 앉아 마음을 진정시키려 숨을 고르면서 아침이 오기를 기다리고 있어. 날이 밝는 대로 마차가 오기로 했거든.

아, 로테는 나를 다시는 못 볼 거라는 사실을 꿈에도 모른 채 편히 자고 있을 거야. 나는 과감히 그 자리를 떨치고 나왔어. 두 시간이나 대화를 나누면서도 마음을 단단히 먹고 내 계획에 대해서는 입도 벙긋하지 않겠다는 결심을 지켰지. 맙소사, 그게 어떤 대화였는지 아니!

알베르트는 저녁식사를 마치는 대로 로테와 함께 정원으로 나오겠다고 미리 약속했었어. 나는 커다란 밤나무 아래 테라스에 서서 징거운 골짜기와 잔잔하게 흐르는 강물 너머로 석양이 넘어가는 것을 마지막으로 지켜봤어. 로테와 나란히 서서 그 멋진 광경을 바라본 적이 많았는데. 하지만 이젠 그럴 일이……. 나는 정든 가로수 길을 이리저리 거닐었어. 로테를 알기 전부터 알 수 없는 힘에 이끌려 자주 찾았던 곳이지. 우리가 만난 지 얼마 되지 않았을 때 상대방이 그 장소를 몹시 좋아한다는 사실을 알고 얼마나 기뻐했는지 몰라. 정말이지 그곳은 예술이 빚어낸 더없이 낭만적인 곳이야.

그중에서도 밤나무 사이로 보이는 탁 트인 전망은 비할 데가 없어. 아, 그 이야기는 편지에서 벌써 여러 번 언급했었지. 커다란 너도밤나무들이 병풍처럼 주위를 빙 둘러싸고 있는데, 이어지는 덤불숲 때문에 갈수록 길이 어두워지다가 마침내 사방이 완전히 막힌 작은 광장에서 끝난다고 했을 거야. 전율이 일 만큼 적막하기 그지없는 곳이야. 어느 밝은 대낮에 처음으로 그 광장에 들어섰을 때 내가 받았던 은밀한 기운이 아직 그대로 남아 있는 것 같아. 그때 나는 이미 앞으로 그곳이 내게 더없는 기쁨과 고통의 무대가 되리라고 어렴풋이 예감했던 것 같아.

그렇게 30분쯤 이별과 재회의 달콤씁싸름한 추억에 잠겨 있을 때 두 사람이 테라스 쪽으로 올라오는 소리가 들리기에 나는 두 사람한테로 달려갔어. 그리고 로테의 손을 붙잡고 손등에 입을 맞췄는데, 한 줄기 전율이 흐르더군. 다 같이 테라스 위에 막 올라섰을 때 나무가 무성한 언덕 너머로 달이 떠올랐어. 우리는 이런저런 이야기를 나누며 어스름한 정자에 도착했지. 로테가 먼저 정자 안으로 들어가 자리에 앉자 알베르트도 옆에 앉았어. 나도 뒤따라 앉았지만 마음이 뒤숭숭해서 오래 앉아 있지 못하고 자리에서 일어났어. 나는 로테 앞에서 한동안 서성거리다가 다시 자리에 앉았어. 마음이 불안하고 자꾸 조바심이 났어. 로테가 너도밤나무 꼭대기에서 우리 앞쪽 테라스를 훤히 비추고 있는 달빛이 빚어낸 아름다운 광경을 한번 보라며 감탄했어. 사위가 짙은 어둠에 싸여 있던 터라 대조적인 그 풍경이 더욱 근사해 보였지. 우리는 한동안 말없이 그 광경을 바라보았어. 마침내 로테가 입을 열었어. "달빛을 받으며 산책할 때면 어김없이 돌아가신 분들이 떠오르고 죽음이나 내세에 관해 생각하게 돼요. 언젠가는 우리도 죽을 테니까요!" 로테는 더없이 숙연한 목소리로 말을 이었어. "그런데 베르테르, 우리가 저세상에서도 다시 만나게 될까요? 그때 서로 알아볼 수 있을까요? 당신은 어떻게 생각하세요?"

"로테." 나는 어느새 눈물이 그렁그렁해진 눈으로 그의 손을 잡고 말했다네. "우리는 다시 만날 겁니다! 이승에서나 저세상에서나 우리는 꼭 다시 만날 겁니다!" 더는 말을 이을 수 없었어. 빌헬름, 안 그래도 몰래 가슴 아픈 작별을 결심하고 있는데 로테가 대놓고 그런 질문을 할 줄 어찌 알았겠어!

"고인이 되신, 우리가 사랑했던 분들은 우리에 대해 알까요?" 로테가 다시 말을 이었어. "그분들은 우리가 언제 행복을 느끼는지 알까요? 우리가 항상 따뜻한 사랑으로 그분들을 기억하고 있다는 것을 알까요? 조용한 저녁나절 자식 같은 동생들과 같이 앉아 있을 때면, 예전에 어머니와 그랬듯이 동생들이 나를 에워싸고 있을 때면, 어머니가 내 곁에서 맴돌고 있는 듯한 기분이 들어요. 그럼 나는 그리움을 못 이겨 눈물이 글썽거리는 눈으로 하늘을 올려다봐요. 내가 임종을 지키면서 어머니를 대신해 동생들을 잘 보살피겠다고 했던 약속을 얼마나 잘 지키고 있는지 하늘에서 어머니가 잠시 내려다보시기를 바라면서요. 그리고 애타는 심정으로 이렇게 외친답니다. '사랑하는 어머니. 어머니만큼 동생들을 잘 보살피지 못하는 저를 용서해주세요. 아, 하지만 저는 최선을 다하고 있어요. 아이들의 옷과 음식을 챙겨주면서 정성껏 보살피고 사랑해주고 있어요. 세상에 보살핌과 사랑보다 더 귀한 게 어디 있겠어요. 보고 싶은 어머니! 화목한 우리 가족의 모습을 단 한 번만이라도 보실 수 있다면 얼마나 좋을까요. 그럼 어머니께서 마지막으로 비통한 눈물을 흘리며 자식들의 행복을 빌었던 하느님께 이번에는 뜨거운 눈물을 흘리며 감사의 기도를 드릴 거예요.'"

그는 이렇게 말했어! 오, 빌헬름. 그의 말을 똑같이 반복
할 수 있는 사람은 세상 어디에도 없을 거야! 생명이 없는 차
가운 글자가 꽃처럼 아름다운 그의 정신을 어떻게 묘사할 수
있겠어! 그 순간 알베르트가 부드럽게 로테의 말에 끼어들
었어.

"사랑하는 로테, 이러다 몸 상하겠어요. 당신이 자주 이
런 생각에 빠진다는 것은 알지만, 제발 부탁이니 이젠……."

"오, 알베르트." 로테가 말했어. "분명 당신도 기억할 거
예요. 아버지가 여행을 떠나신 뒤 우리는 저녁마다 동생들을
재우고 둘이서 작고 둥근 탁자에 앉아 있곤 했죠. 당신은 종
종 좋은 책을 들고 오곤 했지만 막상 그걸 읽는 일은 드물었
어요. 우리 어머니의 고결한 영혼과 교류하는 것이 무엇보다
중요해서 그랬던 게 아니었나요? 어머니는 아름답고 온화하
고 쾌활하고 늘 활동적인 분이셨어요! 내가 얼마나 자주 침
대에서 무릎 꿇고 울면서 기도했는지 하느님은 아실 거예요.
부디 어머니 같은 사람이 되게 해달라고 말이에요."

"로테." 나는 로테 앞에 무릎을 꿇고 그의 손을 부여잡
은 채 하염없이 흐르는 눈물로 그의 손을 적시며 외쳤어. "로
테, 하느님의 은총과 어머니의 영혼이 당신을 지켜주실 겁니
다!" "당신도 우리 어머니를 한번 만나봤으면 좋았을 텐데."

로테가 내 손을 꼭 움켜쥐며 말했어. "어머니는 당신과 교류해도 손색이 없을 만큼 고매한 분이셨어요." 그 말을 듣는 순간 가슴이 벅차올랐어.

나에 대해 그보다 더 훌륭하고 자랑스러운 평가는 들어본 적이 없어. 로테가 말을 이었지. "어머니는 한창나이에 세상을 떠나셨어요. 막내아들이 태어난 지 채 6개월도 안 지났을 때죠. 병석에 오래 누워 계시지는 않았어요. 어머니는 조용히 운명을 받아들이셨어요. 하지만 자식들 때문에, 그중에서도 특히 막내 때문에 무척 마음 아파하셨어요. 임종이 다가오자 어머니는 아이들을 데려오라고 했죠. 저는 영문도 모르는 철부지 어린 동생들과 어쩔 줄 모르는 큰 동생들을 어머니에게 데려갔어요. 동생들이 침대를 에워싸자 어머니는 두 손을 모아 자식들을 위해 기도하시고 일일이 입을 맞춘 뒤 방에서 내보냈어요. 그런 다음 제게 '저 아이들의 엄마가 되어다오!'라고 말씀하셨어요. 저는 어머니의 손을 붙잡고 그러겠다고 약속했지요. '애야, 너는 지금 몹시 지키기 힘든 약속을 하고 있단다.' 어머니가 말씀하셨어요. '엄마의 마음과 엄마의 눈이 필요해. 종종 감사의 눈물을 흘리는 너를 보며 너도 엄마 같은 마음을 느낀다고 생각했어. 부디 그 마음 잃지 말고 동생들을 잘 보살펴줘라. 또 아내처럼 헌신하고 순종하는 마음으로 아버지를 모시도록 해. 네가 아버지에게 위로가 될 거야.' 그런 다음 아버지를 찾으셨어요. 하지만 아버지는 견디기 힘든 슬픔을 내색하지 않으시려고 밖으로 나가버리셨어요. 아버지는 정말 침통해하셨답니다.

알베르트, 당신은 그때 방에 같이 있었어요. 인기척을 느낀 어머니가 누구냐고 물으시더니 당신을 가까이 부르셨죠. 어머니는 편안하게 안도하는 눈빛으로 당신과 나를 번갈아 처다보셨어요. 마치 우리는 행복할 거라고, 함께 행복하게 잘 살 거라고 예감하신 것처럼요." 그 순간 알베르트가 로테의 목을 끌어안고 키스한 뒤 외쳤어. "지금 우린 행복해요! 앞으로도 그럴 겁니다!" 평소에 더없이 침착하던 알베르트가 마음의 평정을 잃었고, 나도 거의 제정신이 아니었다네. "베르테르." 로테가 다시 입을 열었어. "그런 어머니가 세상을 떠나신 거예요! 아아, 세상에서 가장 소중한 사람을 빼앗긴 기분을 알아요? 아이들보다 상실감을 더 절실하게 느끼는 사람은 없을 거예요. 그 후 동생들은 검은 옷을 입은 남자들이 엄마를 데려갔다고 두고두고 슬퍼했어요!" 로테가 자리에서 일어섰어. 나는 그제야 정신이 들었지만 깊은 감동에서 헤어나지 못해 여전히 로테의 손을 붙잡은 채 그냥 앉아 있었지. "이제 그만 돌아가요." 그가 말했어. "돌아갈 시간이에요." 로테가 손을 빼려 했지만 나는 그 손을 더 세게 붙잡았어. "우리는 다시 만날 겁니다." 나는 크게 외쳤어. "우리는 꼭 다시 만날 거예요. 그리고 어떤 모습으로 변했더라도 반드시 서로를 알아볼 겁니다. 나는 이제 그만 돌아갈게요." 그런 다음 이렇게 덧붙였어. "기꺼이 떠날게요. 하지만 이게 영원한 작별이라고 말해야 한다면 도저히 견딜 수 없을 겁니다. 잘 있어요, 로테! 잘 있어요, 알베르트! 우리 다시 만나요!" "그게 내일 아닌가요?" 로테가 농담조로 대꾸했어. 내일이라는 말이 가슴에 사무쳤어! 아아, 로테는 나한테서 손을 빼내면서도 아무것도 몰랐어. 두 사람은 가로수 길을 따라 걸어갔고 나는 그 자리에 선 채 달빛 속을 걸어가는 그들의 뒷모습을 가만히 바라봤어. 그러고는 땅바닥에 주저앉아 목놓아 울었어. 그리고 다시 벌떡 일어나 테라스 위로 달려갔어. 저 아래쪽 커다란 보리수나무 그늘 속에서 정원 문을 향해 다가가는 하얀 옷이 어렴풋이 보였지. 두 팔을 쭉 뻗었지만 로테의 모습은 사라져버렸어.

제2부

1771년 10월 20일

우리는 어제 이곳에 도착했어. 공사는 몸 상태가 안 좋아서 며칠 그냥 집에 머물 예정이야. 공사의 성격이 저 정도로 괴팍하지 않았더라면 나도 숨통이 좀 트일 텐데. 아무래도 운명이 내게 가혹한 시련을 안기려고 작정한 모양이야. 그래도 용기를 내야겠지! 상황을 너무 심각하게 받아들이지만 않으면 세상에 이겨내지 못할 일은 없어! 상황을 너무 심각하게 받아들이지만 않으면? 내가 이런 표현을 쓰게 되다니, 정말 헛웃음이 나오는군. 아, 내가 모든 일을 조금만 더 가볍게 받아들인다면 세상에서 가장 행복한 사람이 될 수 있을 텐데. 하지만 그게 어디 말처럼 쉬운가! 능력도 재주도 별로 없는 사람들이 자기만족에 취해 활개 치고 다니는데 나

징도 능력과 제주를 갖춘 사람이 전망해야 할 이유가 있을까? 저에게 모든 것을 선물해주신 하느님, 제가 가진 능력과 재주의 절반을 다시 거두어가시고 그 대신에 차라리 자신감과 만족감을 주시면 안 될까요?

참자! 참아야 해! 그럼 더 좋아질 거야. 친구, 이제야 하는 말이지만 너의 말이 옳았어. 하루하루 세상 사람들과 부대끼면서 그들이 하는 온갖 짓거리를 직접 목격한 이후로 나 자신을 다스리기가 훨씬 쉬워졌어. 인간이란 존재는 원래 모든 것을 자신과 비교하고, 또 거꾸로 자신을 다른 것과 비교하도록 만들어졌지. 따라서 우리의 행복과 불행은 비교하는 대상이 누구냐에 달려 있는 셈이야. 그러니 세상에서 제일 위험한 것은 바로 고독이야. 우리의 상상력은 자신을 더 높이 고양시키려는 본성에서 추동력을 얻고 문학 작품 속의 비현실적인 비유들을 자양분 삼아서, 우리 자신은 가장 저급한 존재로 비하하고 나머지 모든 존재는 우리보다 훌륭하고 완벽한 것으로 만들어버려. 이건 아주 자연스러운 진행 과정이야. 그 결과 우리는 자신이 부족하다고 느낄 때가 많아. 우리한테 없는 것을 다른 사람은 갖고 있다고 생각하는 거지. 또한 우리만 갖고 있는 것을 다른 사람도 전부 갖고 있다고 생각하고, 덤으로 그 사람은 참으로 이상적이고 안락하게 살아가고 있다고 믿어버리는 거야. 그렇게 해서 완벽하게 행복한 인물이 하나 완성되는데, 사실 그건 우리 자신이 만들어낸 허상에 불과해.

반면 우리가 아무리 많은 약점을 갖고 있고 온갖 힘든 난관들이 우리 앞길을 가로막는다 해도 앞을 바라보면서 꿋꿋하게 계속 나아간다면 비록 걸음이 느리고 휘청거릴지라도 돛을 달고 노를 저어 가는 다른 사람보다 더 멀리 갈 때가 있어. 그렇게 해서 다른 사람과 어깨를 나란히 하거나 그들보다 앞서게 될 때 우리는 진정한 자신감을 얻을 수 있지.

11월 26일

이제 이곳 생활에 그럭저럭 적응이 된 것 같아. 가장 좋은 것은 할 일이 끊이지 않는다는 거야. 온갖 부류의 사람들이 보여주는 각양각색의 모습들 또한 내게 다채로운 구경거리가 되고 있어. C 백작이라는 분을 알게 됐는데 그분에 대한 존경심이 나날이 커지고 있어. 생각의 폭이 넓고 두뇌가 명석한데 전후사정을 두루 살피는 것을 보면 성격도 전혀 차갑지 않아. 그동안 그분과 교류하면서 우정과 사랑에 대한 감수성이 풍부한 분이라는 것을 알게 됐어. 내가 업무차 그분을 방문했을 때 내게 관심을 보이셨어. 처음 몇 마디를 나누기도 전에 우리가 서로 말이 잘 통하고 다른 사람한테는 할 수 없는 이야기도 내게는 할 수 있겠다고 깨달으신 거지. 나를 대하는 그분의 가식 없는 태도는 아무리 칭송해도 모자라. 상대에게 마음의 문을 활짝 여는 위대한 인물을 만나는 것이야말로 이 세상에서 가장 따뜻하고 참된 기쁨이 아닐까.

12월 24일

내 예상이 빗나가지 않았어. 공사는 정말 짜증 나는 인물이야. 그렇게 앞뒤 꽉 막힌 멍청이는 이제껏 본 적이 없어. 깐깐한 노처녀처럼 모든 것을 하나하나 전부 확인해야 직성이 풀리는 모양인지 절대 만족할 줄을 몰라. 그러니 누구한테도 고맙다는 인사를 해본 적이 없지. 나는 일을 쉽게 처리하고 또 일단 처리한 일은 그냥 내버려두자는 쪽이야. 그런데 공사는 시시때때로 보고서를 돌려주면서 이렇게 말해. "뭐 이것도 봐줄 만은 한데, 그래도 한 번 더 검토하는 게 좋겠군. 분명 이보다 더 나은 표현이나 정서법이 있을 거야." 그럴 때면 정말 화가 나서 미치겠어. '그리고' 같은 접속사 하나도 빠뜨려서는 안 된다는 거야. 또 버릇이 돼서 나도 모르게 구사하는 도치문만 나오면 어찌나 타박을 하는지. 공사의 말을 관례적인 어법과 조금 다르게 표현하면 무슨 뜻인지 이해도 못 해. 그런 사람 밑에서 일하려니 정말 죽을 맛이야.

그나마 여기서 버틸 수 있는 건 C 백작이 나를 신뢰해주기 때문이야. 안 그래도 얼마 전에는 C 백작이 내게 공사가 너무 재고 따지느라 일처리가 늦어진다며 솔직하게 불만을 토로했어. "공사 같은 사람들은 자신은 물론이고 다른 사람들까지 힘들게 만드네." 백작이 말했어. "하지만 여행하다 보면 때로 산을 넘어야 할 때도 있듯이 적당히 체념하고 받아들일 수밖에 없네. 물론 산이 없으면 길이 훨씬 짧고 편하겠지만 이미 산이 가로막고 있는 이상 그 산을 넘어가는 것 말고는 다른 방도가 없네!"

늙은 공사는 백작이 자기보다 나를 더 좋아하는 것을 눈치채고 심기가 언짢은지 걸핏하면 내 앞에서 백작의 험담을 늘어놓곤 해. 나야 당연히 그 말에 반박할 수밖에. 그것 때문에 상황이 갈수록 악화되고 있어. 어제는 나까지 싸잡아서 욕하는 바람에 머리끝까지 화가 치밀었어. 백작이 국제무역에 능하고 일처리도 신속하고 문장력도 탁월하지만 글재주 자랑하는 사람들이 흔히 그렇듯 학문적인 깊이가 부족하다고 흉을 보는 거야. 그 말을 하면서 '너도 찔리지!' 하는 표정을 지었지만 나는 끄떡도 않았지. 오히려 나는 그런 식으로 생각하고 행동하는 사람을 경멸해. 그래서 격렬하게 되받아쳤어. 백작은 성품으로 보나 지식으로 보나 존경해 마땅한 사람이라고 말한 다음 이렇게 덧붙였지. "나는 지금까지 살아오면서 백작처럼 열심히 사고의 폭을 넓히고 또 그것을 수많은 대상으로 확장해 일상적인 삶에 성공적으로 적용하는 사람을 만나본 적이 없습니다." 하지만 공사는 내 말을 전혀 납득하지 못했어. 결국 나는 쓸데없는 소리로 괜히 사태만 더 악화시킬까 두려워 서둘러 자리에서 물러갔다네.

이건 전부 너희들 탓이야! 자꾸 무슨 일이든 하라고 나를 부추기는 바람에 결국 이런 멍에를 짊어지게 만들었으니 말이야. 일이라는 게 대체 뭐야? 감자를 심거나 말에 곡식을 실어 시내에 내다 파는 사람이 나보다 일을 더 많이 하고 있어. 그게 아니라면 지금 쇠사슬에 꽁꽁 묶여 있는 이 노예선에서 앞으로 10년쯤 더 일해도 좋아.

이곳 사람들은 허울만 그럴싸하지 실속 없이 서로 눈치만 보고 뻔뻔하기 그지없어. 그런 사람들과 어울리자니 정말 고역이야! 출세욕에 사로잡혀 남보다 한 걸음이라도 앞서겠다고 눈에 불을 켜고 달려들지를 않나, 세상에서 제일 비루하고 하찮은 욕망을 노골적으로 드러내지를 않나, 정말 꼴불견이 따로 없어. 예를 하나 들어볼게. 만나는 사람마다 자신의 귀족 신분과 영지 자랑을 늘어놓는 여자가 있어. 그를 처음 본 사람들은 대단할 것도 없는 혈통과 얼마 안 되는 땅을 대단한 자랑거리인 양 떠드는 걸 보고 참 바보 같은 여자라고 생각해. 그런데 사실은 문제가 더 심각해. 그 여자는 귀족은커녕 이 근처에 사는 관청 서기의 딸이거든. 나는 창피한 줄도 모르고 그렇게 자신을 웃음거리로 만드는 지각없는 사람들을 도무지 이해할 수 없어.

사랑하는 친구. 타인을 자신의 잣대로 평가하는 것이 얼마나 어리석은 짓인지 갈수록 절실하게 깨닫고 있어. 내게 주어진 일만 해도 벅찬 데다 속도 시끌시끌해서 다른 사람의 일까지 참견하고픈 생각은 눈곱만큼도 없어. 그 사람들도 내 일에 참견하지 않고 나를 가만히 내버려둔다면 말이야.

요즘 나를 제일 화나게 하는 게 뭔지 알아? 빌어먹을 놈의 사회적 신분제도야. 나도 신분 차이가 어느 정도 필요하다는 것은 인정해. 내게 여러 가지로 유리한 점도 많고. 다만 내가 이 세상에서 약간의 기쁨과 행복을 누리는 데 신분제도가 방해가 되지 않기를 바랄 뿐이야. 얼마 전 산책길에서 B 양을 알게 됐어. 고달픈 삶을 살아가면서도 타고난 본성을 잃지 않은 사랑스러운 아가씨야. 대화를 나누는 동안 우린 서로에게 호감을 느꼈어. 그래서 헤어질 때 그에게 집을 한번 방문해도 되겠느냐고 물었더니 흔쾌히 승낙하더군. 나는 방문하기에 적절한 때를 기다리느라 안달이 날 정도였어. 그는 원래 이곳 출신이 아닌데, 지금 친척 아주머니 집에서 없혀살고 있어. 그 친척 노부인의 인상이 영 마음에 안 들더군. 하지만 나는 예의를 갖추고 대부분 노부인에 맞춰 대화를 나눴어. 30분도 채 안 지나 나는 몇 가지 사실을 알아차렸지. 이건 나중에 B 양이 내게 직접 털어놓은 이야기로 확인된 사실이야. 노부인은 형편이 그다지 좋지 않다고 했어. 이렇다 할 재산도, 재능도 없이 오로지 귀족 혈통과 신분을 방패 삼아 체면을 유지하고 있다더군. 그리고 자기 방에서 길을 지나가는 평민들을 내려다보며 구경하는 재미로 살아가고 있었어. 젊은 시절에는 미모가 꽤 출중했는데, 변덕스러운 성격 탓에 불쌍한 젊은이들을 괴롭히면서 허송세월했다더군. 그러다 나이를 먹자 어떤 늙은 장교에게 순종하면서 살았다는데, 장교는 넉넉한 생활비를 대주면서 그와 말년을 보내다가 세상을 떴다고 해. 현재 노부인은 혼자 노년을 보내는 중인데, 아마 조카딸이 보살펴주지 않았다면 거들떠보는 사람이 전혀 없었을 거야.

1772년 1월 8일

의전에 연연해 몇 년씩 모든 생각과 행동을 오로지 상석을 차지하는 데에만 허비하는 사람들은 대체 정신이 제대로

박혀 있는 건가. 그렇다고 할 일이 없는 사람들도 아닌데 말이야. 사소한 일에 신경 쓰느라 정작 중요한 일은 미뤄두는 바람에 그 사람들한테는 오히려 일거리가 산더미처럼 쌓여 있어. 지난주에는 썰매를 타다 사소한 다툼이 벌어지는 통에 즐거운 분위기가 와장창 깨져버렸지.

어느 자리에 앉는지가 그렇게 중요한 거야? 맨 앞자리에 앉는다고 제일 높은 사람이라는 뜻도 아닌데, 그걸 모르니 어찌 바보들이 아니겠나. 장관에게 휘둘리는 왕이나 비서한테 휘둘리는 장관이 널리고 널렸어. 그렇다면 과연 세상에서 누가 제일 높은 사람일까? 내 생각에는, 상대방의 실체를 파악한 후 그가 가진 힘이나 열정을 자신의 계획을 실현하는데 이용할 줄 아는 역량과 지략이 뛰어난 사람이야.

1월 20일

사랑하는 로테, 나는 지금 당신에게 편지를 쓰지 않을 수 없습니다. 사나운 눈보라를 피해 찾아든 여기 시골의 누추한 농가에서 말입니다. 쓸쓸한 둥지였던 D 시에서 낯선 사람들과 부대끼며 지내는 동안에는 한순간도, 정말 단 한순간도 내 가슴이 당신에게 편지를 쓰라고 명령한 적이 없었습니다. 그런데 창밖으로 눈보라와 우박이 거세게 몰아치는 가운데 이 적막하고 협소한 방에 갇혀 있으니 당신이 맨 먼저 떠올랐습니다. 이곳에 발을 들여놓는 순간 당신의 모습과 예전의 추억들이 물밀 듯 밀려왔습니다. 오오, 로테! 그 추억은 어찌 이리도 성스럽고 따뜻한지! 이런! 당신을 처음 만났을 때의 그 행복했던 순간이 다시 떠오릅니다.

소중한 사람이여, 당신이 지금 거의 정신 나간 사람처럼 살고 있는 내 모습을 본다면! 내 감성은 완전히 메말라버렸습니다! 내 마음은 단 한순간도 포만감을 느낀 적 없고 잠깐의 행복도 맛보지 못했습니다. 나는 아무것도, 정말 아무것도 느끼지 못하게 됐습니다! 마치 난쟁이들과 조랑말들이 빙글빙글 돌고 있는 요지경 앞에 서 있는 기분입니다. 혹시 지금 헛것을 보고 있는 게 아닐까 자문하면서요. 나 역시 그 연극에 참여할 때도 있습니다. 아니, 참여가 아니라 꼭두각시 인형처럼 조종당하고 있다는 게 더 맞을 겁니다. 그래서 이따금 옆 사람의 나무손을 붙잡고는 화들짝 놀라 뒷걸음질 치곤 한답니다. 저녁마다 내일은 꼭 해돋이를 구경해야지 결심하지만 아침이면 침대에서 빠져나오지 못합니다. 또 낮에는 밤에 달빛을 즐기겠다고 결심하지만 정작 밤이 되면 방에 틀어박혀 꼼짝도 안 합니다. 내가 왜 아침에 잠자리에서 일어나고 저녁에 잠자리에 드는지조차 모르겠습니다.

이제는 내 삶에 생기를 불어넣어줄 활력소가 하나도 없습니다. 깊은 밤에도 맑은 정신을 유지시켜주고, 아침이면 나를 잠에서 깨워주던 자극이 전부 사라져버렸습니다.

이곳에서 B라는 아가씨를 알게 됐습니다. 사랑하는 로테, B 양은 여기서 만난 유일하게 여자다운 여자입니다. 세상에 당신을 닮은 사람이 존재할 수 있다면 그 사람은 아마 그 아가씨일 겁니다. 어쩌면 당신은 이렇게 말할지도 모르겠네요. "아휴, 사람들이 아부에 약하다는 건 어떻게 아시고!" 그 말이 아주 틀린 건 아닙니다. 얼마 전부터 나도 처세술이 꽤 늘었습니다. 사람들하고 어울릴 때 어쩔 수 없이 농담도 많이 하고요. 그랬더니 여자들이 나처럼 칭찬을 세련되게 잘하는 사람은 처음이라고 하더군요. (나처럼 거짓말을 세련되게 하는 사람도 없을 겁니다. 거짓말이 아니고서는 칭찬을 잘할 수 없기 때문이죠. 내 말이 무슨 뜻인지 알 겁니다.) B 양 이야기를 하려다가 샛길로 빠졌네요. 그의 푸른 눈을 보면 알겠지만 B 양은 영혼이 아주 풍요로운 사람입니다. 하지만 마음에 품은 소망을 어느 것 하나 충족시킬 수 없는 신분이 오히려 그에게 짐이 되고 있습니다. 그는 이 혼잡스러운 환경에서 벗어나기를 무척 갈망하고 있습니다. 그래서 우리는 시골에서의 더없이 행복한 삶에 대해 몇 시간씩 상상의 나래를 펼치곤 합니다. 아! 당신에 관한 이야기도 나눈답니다! 그때마다 그는 당신에게 경의를 표합니다. 어디까지나 자발적으로 하는 찬사입니다. 그는 당신 이야기를 듣고 싶어 할 뿐 아니라 당신을 연모하고 있습니다.

오, 지금 내가 친숙하고 아늑한 방에서 당신 발치에 앉아 있다면 얼마나 좋을까요. 사랑스러운 우리 아이들이 내 주위에서 뒹굴며 놀고 있다면 또 얼마나 좋을까요. 아이들이 너무 시끄럽다 싶으면 내 옆으로 불러 모아 무서운 옛날이야기를 들려주며 조용하게 만들 텐데요.

대지를 뒤덮은 흰 눈이 석양빛을 받아 장엄하게 반짝거립니다. 눈보라가 그쳤으니 나는 다시 새장 속으로 들어가야 할 것 같습니다. 잘 지내요! 지금 알베르트와 같이 있나요? 혹시 어떤 모습으로……? 주여, 이런 질문을 하는 저를 용서해주소서.

2월 8일

일주일째 악천후가 계속되고 있어. 하지만 나한테는 오히려 그게 다행이야. 이곳에 온 이후로 화창한 날이면 예외 없이 누군가 내 기분을 망치거나 흥을 깨버렸으니까. 비가 오거나 눈보라가 칠 때면, 서리가 내리거나 눈이 녹아 땅이

질퍽거릴 때면 나는 이렇게 혼잣말을 하지. "잘됐어! 이런 날 외출하느니 차라리 집에 머무는 게 더 낫지." 반대의 경우도 마찬가지야. 아침에 해가 뜨고 화창한 날씨가 예상되면 입에서 절로 이런 말이 튀어나와. "오늘도 하늘이 은총을 베풀어 주셨는데 사람들은 또 뭔가를 차지하겠다고 서로 아귀다툼을 벌이겠군." 이 세상에 사람들이 서로 차지하기 위해 다툼을 벌이지 않는 것은 없어. 건강, 명성, 기쁨, 휴식, 그 모든 게 다툼의 대상이 되지! 또 대부분의 다툼은 어리석음과 무지, 편협으로 인해 발생하는데도 사람들은 더없이 좋은 의도로 그러는 거라고 변명해. 나는 종종 무릎 꿇고 그들에게 빌고 싶은 심정이야. 제발 뭔가를 얻기 위해 그렇게 미친 사람처럼 흥분하고 날뛰지 말라고.

2월 17일

공사와 나의 관계는 머지않아 끝날 것 같아. 그는 정말 다시는 상종하고 싶지 않은 인간이야. 그가 업무를 처리하는 방식은 한심하기 짝이 없어. 그럴 경우 간혹 이의를 제기한 후 내 생각과 방식에 따라 일을 처리할 때가 있는데, 당연히 공사는 기분이 언짢겠지. 그런데 최근에 공사가 궁정에까지 그 사실을 알리는 바람에 장관한테 질책을 들었어. 비록 가벼운 질책이었지만 질책은 질책이었지. 안 그래도 사직을 결심하고 있었는데, 장관에게서 개인적인 편지(이 훌륭하신 분에 대한 존경심을 표하고자 이 편지와 뒤에 언급될 또 다른 편지는 이 서간집에 넣지 않기로 했습니다. 독자들이 제게 아무리 따뜻한 감사의 마음을 갖고 있더라도 그런 뻔뻔한 짓까지 양해해주지는 않을 거라고 생각하기 때문입니다—원주) 한 통을 받았어. 편지에서 느낀 그분의 고매하고 현명한 인격에 절로 고개가 숙여졌다네. 그분은 지나치게 예민한 내 성격을 나무라는 한편, 효율성과 타인에 대한 배려, 업무 이해력 등을 중시하는 내 태도는 젊은이다운 훌륭한 기개라며 칭찬하셨어. 그러면서 그 기개의 싹을 아예 잘라버릴 게 아니라 완급을 조절해서 제대로 힘을 발휘하고 강력한 효과를 거둘 수 있는 방향으로 이끌어보라고 하셨어. 나는 일주일 동안 휴식과 충전의 시간을 갖고서 마음을 다잡았어. 마음의 평정을 회복하는 것은 아주 멋진 일이야. 그 자체가 기쁨을 안겨주거든. 사랑하는 친구, 다만 이렇게 아름답고 귀한 보석이 쉽게 깨어지지도 않는다면 얼마나 좋을까.

2월 20일

    사랑하는 사람들이여, 하느님의 가호가 늘 당신들과 함께하기를! 그리고 그분이 내게서 거두어가신 좋은 날들을 전부 당신들에게 선사해주시기를!

    알베르트, 당신이 나를 속인 것을 고맙게 생각합니다. 나는 두 사람의 결혼 소식을 기다리고 있었습니다. 그날이 되면 로테의 실루엣 그림을 엄숙히 벽에서 떼어내 다른 종이 꾸러미 속에 묻어둘 참이었습니다. 그러나 두 사람이 부부가 되었는데도 로테의 그림은 여전히 벽에 걸려 있습니다! 그냥 이대로 쭉 걸어둘 생각입니다. 그러면 안 될 이유라도 있나요? 나도 당신들과 함께 있는 셈이니까요. 나는 당신한테 아무런 피해를 주지 않고 로테의 마음속에 자리할 수 있습니다. 그야 물론 두 번째 자리겠지만요. 나는 그 자리를 고수할 것이고, 그래야만 합니다. 오, 로테가 나를 잊는다면 아마 나는 미쳐버릴 겁니다. 알베르트, 그런 생각만 해도 지옥에 떨어진 기분입니다. 알베르트, 잘 지내요! 하늘의 천사여, 잘 지내요! 로테여, 안녕!

3월 15일

최근에 고약한 일을 겪고 나니 이곳에 계속 머물고 싶은 생각이 싹 달아났어. 그 생각만 하면 지금도 이가 갈려! 젠장! 불쑥불쑥 치밀어 오르는 울화를 어떻게 삭여야 할지 모르겠어. 이건 전부 내 적성에도 안 맞는 자리를 맡으라고 나를 부추기고 몰아붙이다 못해 다그치기까지 한 너희들 책임이야. 이제야 그걸 깨달았어. 이제 너희도 깨달았겠지. 이보게 친구, 내 성격이 지나치게 예민해서 모든 걸 망쳤다고 말할 생각은 하지도 마. 네 입에서 그런 말이 나오지 않도록 연대기 작가처럼 사건의 전말을 단순명료하게 이야기해줄게.

자주 언급했다시피 이곳에서 C 백작이 나를 총애하여 각별히 아낀다는 사실은 모르는 사람이 없어. 나는 어제 C 백작의 집에 식사 초대를 받았지. 그런데 하필 어제가 백작의 집에서 상류층 사교모임이 열리는 날이었어. 나는 그런 모임이 열리는 줄도 몰랐고, 우리 같은 하급관리는 그런 자리에 참석할 수 없다는 것도 알지 못했어. 아무튼 나는 백작과 식사를 하고 나서 커다란 홀을 거닐며 이런저런 이야기를 나눴어. 나중에 B 대령도 우리의 대화에 합류했지. 연회시간이 다가왔지만 나는 정말 아무 생각도 못 했어. 그때 지체 높은 귀부인 S가 남편과 함께 들어왔어. 납작한 가슴에 앙

증맞은 코르셋을 입은 딸도 대동했는데, 꼭 잘 부화시킨 거위 새끼 같았어. 그들이 내 곁을 스쳐 지나가는데, 전통 있는 귀족 가문임을 뻐기듯 눈을 한껏 치켜뜨고 콧대를 세운 모습이 기가 막히더군! 나는 그런 모습들이 너무 역겨워 빨리 그 자리를 뜰 생각으로, 백작이 그 사람들과 시시껄렁한 잡담을 끝내기만을 기다렸어. 그때 마침 B 양이 홀로 들어왔어. 그를 보면 늘 기분이 좋아졌던 터라 나는 연회장에 그대로 남아 있기로 하고 B 양의 의자 뒤로 가서 섰어. 그런데 잠시 후 대화를 나누던 중 그가 평소보다 덜 솔직하다는 느낌을 받았지. 표정에서도 당혹감을 감추지 못했어. B 양도 다른 사람들과 다를 게 전혀 없다는 생각에 기분이 상한 나는 정말 그 자리를 뜨려고 했어. 하지만 그를 이해하고 싶은 마음과 어쩌면 그로부터 다정한 사과의 말을 들을지 모른다는 기대감 때문에 그냥 그 자리에 머물렀어. 그러는 사이에 손님들이 속속 도착했어. F 남작이 프란츠 1세 대관식 시절의 옷차림으로 등장했고, 직책상 귀족 대우를 받아 사람들이 이름에 '폰'을 붙여 부르는 궁정고문관 R이 귀가 먼 부인을 비롯한 일행과 함께 나타났어. 기괴한 옷차림을 한 J의 등장도 빼놓을 수 없겠군. 그는 프랑켄 전통 의상의 해진 부분을 최근에 유행하는 헝겊으로 기워 입고 나타났다네. 아무튼 그런 사람들이 홀에 속속 모여들었어. 나는 몇몇 지인들과 인사를 나눴는데 그날따라 이상하게 다들 말이 없더군. 나는 오로지 B 양한테만 주의를 기울이느라 홀 안의 상황을 전혀 눈치채지 못했어. 홀 한쪽 끝에서 여자들이 귓속말을 주고받더니 그 말이 남자들 귀에 들어가고 급기야 S 부인이 백작한테 가서 뭔가 쑥덕거리는 상황 말이야. (이 모든 이야기는 나중에 B 양한테서 들었다네.) 마침내 백작이 나한테로 다가와 나를 한쪽 창가로 데려갔어. "우리 모임의 특별한 관례를 자네도 알고 있을 거라 생각하네." 백작이 말했어. "모임 참석자들이 자네가 이 자리에 있는 것을 불편해하는 눈치네. 나야 물론 그런 생각을 전혀……." "백작님." 내가 중간에 그의 말을 가로챘어. "부디 제 불찰을 용서해주십시오. 제가 생각이 짧았습니다. 저의 무례를 너그러이 용서해주시리라 믿습니다. 진즉에 이곳을 떠나려고 했는데, 어쩌다 보니 시간이 지체됐네요." 그러고는 미소를 지으며 허리 숙여 인사했어. 백작은 제 심정을 알아달라는 듯 말없이 내 두 손을 힘껏 부여잡았어. 나는 지체 높은 사람들의 모임에서 슬그머니 빠져나와 이륜마차를 타고 M 시로 향했어. 그리고 그곳 언덕 위에서 해가 지는 광경을 바라보며 호메로스의 시 한 구절을 읽었다네. 오디세우스가 현명한 돼지치기한테 대접을 받는 멋진 대목 말이야. 그때까지만 해도 모든 게 괜찮았어.

나는 저녁을 먹으러 다시 돌아갔어. 식당에 손님이 몇

명 남아 있더군. 그들은 한쪽 구석에서 테이블보를 뒤집어놓고 주사위놀이를 하고 있었어. 그때 아델린이라는 정직한 친구가 식당으로 들어오더니 나를 보고 모자를 벗으며 인사했어. 그러고는 가까이 다가와 작은 소리로 물었어. "기분 나빴지?" "나 말이야?" 내가 반문했어. "백작이 연회장에서 자네를 내쫓았다던데." "빌어먹을! 그까짓 연회가 뭐 대수라고." 내가 말했어. "나는 밖에 나와 신선한 공기를 마시는 게 더 좋았어." "그 일을 대수롭지 않게 여기니 다행이야." 그가 말했지. "다만 한 가지 안타까운 것은 이미 그렇게 소문이 쫙 퍼졌다는 거야." 그 말을 들으니 분통이 터졌어. 식탁에 앉아 있던 사람들이 나를 힐끔거리며 쳐다본 이유가 그거로구나, 하는 생각에 피가 거꾸로 솟는 기분이었지.

오늘도 가는 곳마다 사람들의 동정을 받느라 바빴어. 그동안 나를 시기했던 사람들은 또 뭐라고 떠들어댔는지 알아? 머릿속에 든 게 좀 있다고 신분 같은 거 쫙 무시해도 되는 줄 알고 잘난 척하더니 꼴좋네, 하며 비웃더군. 사람들이 비아냥거리는 소리를 하도 듣다 보니 내 심장에 직접 칼을 꽂고 싶은 심정이야. 남들 말에 신경 쓰지 말고 소신껏 행동하면 된다지만 야비한 인간들이 꼬투리 하나 잡았다고 멋대로 막말하는 것을 참아낼 사람이 과연 있을까. 아, 차라리 저들의 험담이 근거 없는 허튼소리라면 그냥 무시하고 넘길 수도 있겠지만 그게 아니잖나.

3월 16일

　모든 것이 나를 극한으로 몰아붙이고 있어. 오늘 가로수
길에서 B 양을 만났는데 도저히 참을 수가 없어 그에게 말
을 걸었어. 그가 일행과 약간 거리가 생겼을 때 나는 얼마 전
B 양의 태도 때문에 섭섭했던 마음을 표현했어. "오, 베르테
르." 그는 진솔한 어조로 말했어. "제 마음이 어떤지 잘 아시
면서, 당시 난처했던 제 처지를 어떻게 그런 식으로 해석하
시나요. 홀에 들어선 순간부터 당신 때문에 얼마나 곤혹스러
웠는지 몰라요. 저는 상황이 어떻게 흘러갈지 충분히 짐작했
기 때문에 당신한테 귀띔이라도 하고 싶었지만 입이 안 떨
어졌어요. S 부인과 T 부인은 당신과 한자리에 있으니 차라
리 남편을 부추겨 그 자리를 뜰 사람들이라는 것을 전 알고
있었어요. 그런 상황에서 백작은 그 사람들의 비위를 거스를
수 없다는 사실도 알았고요. 그래서 결국 그런 사달이 벌어
진 거죠!" "대체 그게 무슨 말이죠?" B 양의 말에 깜짝 놀랐
지만 나는 애써 표정을 추스리며 물었어. 그저께 아델린한테
들은 이야기가 그 순간 펄펄 끓는 물이 되어 내 혈관을 타고

흐르는 것 같았어. "그 일 때문에 저도 상당한 곤혹을 치러야 했어요!" 그 다정한 여인이 눈물을 글썽이며 말했어. 그 순간 나는 감정을 제어하지 못하고 그의 발끝에 몸을 던지고 싶었다네. "그게 무슨 말입니까?" 내가 큰 소리로 물었어. 눈물이 그의 뺨을 타고 주르륵 흘러내렸어. 그걸 보니 정말 돌아버리겠더군. 그는 흐르는 눈물을 감추려 하지도 않고 손수건으로 훔쳐냈어. "제 친척 아주머니 아시잖아요." 그가 말을 시작했어. "그분도 그 자리에 계셨어요. 그분이 어떤 눈길로 그 상황을 지켜봤는지 아세요? 베르테르, 저는 엊저녁에 이어 오늘 아침에도 일장 훈시를 들어야 했어요. 당신과 어울리지 말라는 훈시요. 간간이 반박하기는 했지만 당신을 헐뜯고 깎아내리는 소리를 가만히 듣고 있을 수밖에 없었어요." B 양의 말 한마디 한마디가 비수가 되어 내 심장을 찔렀어. 그런 말이라면 차라리 전하지 않는 게 더 큰 자비라는 것을 모르더군. 그는 이런 말도 했어. 앞으로도 계속 이런저런 소문이 사람들 입에 오르내릴 거라고. 또 어떤 사람들은 일이 그렇게 돌아가는 것을 고소해할 거라고.

사실 오래전부터 내가 거들먹거리며 다른 사람을 업신여긴다고 비난하던 사람들이 있었어. 그는 그들이 드디어 내가 그 벌을 받게 됐다고 키드득거리며 환호할 거라고 했어. 빌헬름, 더없이 동정 어린 목소리로 그 모든 이야기를 듣고 나니 어찌나 기가 차던지 말이 안 나오더군. 아직까지도 분이 안 풀려 속을 끓이는 중이야. 차라리 내 면전에서 대놓고 비난하는 게 더 낫겠어. 그럼 당장 그자의 몸에 단검을 찌를 수 있을 테니까. 피를 보면 기분이라도 좀 나아지지 않을까. 이 치밀어 오르는 울분을 도무지 해소할 길이 없어 수백 번도 넘게 칼을 움켜쥐었어. 혈통이 우수한 말은 과도하게 흥분하거나 궁지에 몰리면 막힌 숨통을 틔우기 위해 본능적으로 직접 제 혈관을 물어뜯어 상처를 낸다는 이야기가 있어. 요즘 나도 종종 그런 생각을 해. 내 혈관을 터뜨려 영원한 자유를 얻고 싶다는 생각.

3월 24일

나는 이미 궁정에 사직서를 냈고 조만간 수리될 걸로 기대하고 있어. 너희들에게 미리 양해도 안 구하고 일을 저지른 나를 용서해줘. 이제 나는 여길 떠날 수밖에 없어. 너희들이 나를 여기 붙잡아두기 위해 어떤 말로 설득하려들지 다 알고 있으니 이 문제는 이쯤에서 끝내는 게 좋겠어. 다만 어머니께는 너희들이 알아서 잘 말씀드려줘. 당장은 내 앞가림조차 못 하는 처지라 어머니를 보살펴드리지 못하더라도 이해해주실 거야. 물론 사직 소식을 들으면 많이 속상해하시겠지. 추밀고문관이나 공사가 될 수 있는 탄탄한 길에 접어든 줄 알았던 아들이 느닷없이 여정을 중단한 채 조랑말 한 필을 이끌고 마구간으로 돌아오는 꼴을 보시게 됐으니 그 심정이 오죽하시겠어! 아무튼 이 문제는 너희들 좋을 대로 생각해. 내가 이곳에 머물 수 있고, 또 머물러야 할 이유로 어떤 것들이 있을지는 너희들 마음껏 헤아려보도록 해. 이러나저러나 나는 떠날 테니까. 내가 어디로 갈지 궁금하다면 알려줄게. 이곳에 ○○ 후작이라는 분이 체류 중인데 나랑 어울리는 것을 좋아하셔. 그분이 떠나겠다는 내 계획을 듣더니 자기 영지로 같이 가자고 제안했어. 가서 아름다운 봄을 함께 보내자는 거야. 또 거기 가면 내가 원하는 대로 완전히 자유롭게 지내도록 해주겠다고 약속했어. 서로 어느 정도 말이 잘 통하는 분인 것 같아서 나는 모든 것을 하늘의 뜻에 맡기고 용기를 내어 그분과 함께 갈 작정이야.

4월 19일

소식을 전하며

보내준 두 통의 편지는 고맙게 잘 받았어. 궁정에서 내 사직서를 수리해줄 때까지 기다리느라 그동안 답장을 못 했어. 혹시 어머니께서 장관님께 도움을 요청해 내 계획에 차질이 빚어질까 걱정도 됐고. 하지만 드디어 내 뜻대로 사직서가 수리됐어. 사직서 수리 과정이 그다지 매끄럽지 않았다는 것과 장관이 보낸 편지의 내용에 대해서는 말하고 싶지 않아. 그 이야기를 들으면 너희들이 또다시 탄식할 게 뻔하니까. 왕세자께서 눈물이 핑 돌게 하는 감동적인 말씀과 함께 25두카텐의 전별금을 보내주셨어. 그 덕분에 얼마 전 어머니께 부탁했던 돈은 이제 필요 없어졌어.

5월 5일

내일 이곳을 떠나기로 했어. 마침 내 고향이 내가 가는 길에서 불과 9킬로미터밖에 안 떨어진 곳이라 잠시 그곳에 들러 행복을 꿈꾸던 옛 시절의 추억을 더듬어볼 생각이야. 아버지가 돌아가신 뒤 어머니가 나를 데리고 정든 그곳을 떠나 지금 계신 그 견딜 수 없이 감옥 같은 도시로 나올 때 통과했던 그 성문으로 들어가볼 작정이야. 잘 있어, 빌헬름. 가는 길에 또 소식 전하도록 할게.

5월 9일

　모든 순례자들처럼 나 역시 경건한 마음으로 고향 순례를 마쳤어. 온갖 감회가 밀려와 기분이 착잡하더군. S시 방향으로 15분쯤 떨어진 곳에 커다란 보리수나무가 한 그루서 있어. 나는 그 보리수나무 앞에서 역마차를 세운 후 마차를 돌려보냈지. 천천히 걸어가면서 옛 추억들을 하나씩 꺼내음미해보고 싶었거든. 보리수나무는 어렸을 적 내 산책의 목적지이자 경계선이었어. 정말 몰라보게 달라졌더군! 세상물정 모르는 무지렁이라 오히려 행복했던 그 시절에 나는 미지의 세계를 동경했어. 동경과 그리움으로 메말라가는 내 가슴을 만족감으로 가득 채워줄 자양분과 기쁨이 넘쳐나는 세상말이야. 그런데 지금 나는 오히려 그 넓은 세상에서 이곳으로 돌아왔어. 오, 나의 친구여. 그동안 얼마나 많은 희망들이무너지고 얼마나 많은 계획들이 무산되었던가! 어린 시절 늘내 동경의 대상이었던 산은 여전히 당당하게 내 앞에 우뚝서 있더군. 그 시절에 나는 몇 시간씩 여기 앉아 산 너머 세상을 동경했어. 그리고 어슴푸레한 빛이 감도는 정겨운 숲과골짜기들을 헤매고 다니는 내 모습을 그려보곤 했어. 집에돌아가야 할 시간이 되면 정겨운 그 자리를 떠나는 게 얼마나 힘들었던지! 시내에 가까워질수록 낯익은 옛 정자들이 보이더군. 정자가 나올 때마다 나는 그곳들에 인사를 건넸어. 그러나 새로 지은 정자들은 왠지 마음에 안 들었어. 이런저런 모습으로 개조한 정자들 또한 거슬리기는 마찬가지였어. 하지만 성문 안으로 들어서자 금세 옛날의 감정이 되살아났어. 친구, 세세하게 다 이야기하지는 않을게. 나한테야 가슴 찡한 추억들이지만 이야기로 들으면 지루할 테니까. 나는 옛날 우리 집 바로 옆에 있는 장터에서 숙소를 찾기로 했어. 그리로 가는 길에 보니 옛날에 나이 든 성실한 여선생님이 아이들을 잔뜩 모아놓고 가르치던 교실이 잡화상으로 바뀌었더군. 그 비좁은 교실에서 견뎌낸 불안, 눈물, 답답함, 그리고 걱정이 생생하게 되살아났어. 걸음을 내디딜 때마다 감회가 새로웠지. 아마 어떤 성지 순례자도 나만큼 종교적인 추억이 서린 유적을 많이 접하지는 못했을 거야. 또 나만큼 성스러운 감동에 가슴이 벅차오른 적도 없을 거야. 하고 싶은 이야기는 차고 넘치지만 각설하고 하나만 더 할게. 나는 강물을 따라 내려가다 어느 농장에 이르렀어. 그곳도 내가 즐겨 찾던 곳인데, 우리 사내아이들이 납작한 돌멩이로 물수제비뜨기 놀이를 하던 곳이야. 가끔 거기 서서 강물을 바라보던 기억이 생생하게 떠오르더군. 당시 나는 강물이 흘러가는 모습을 보며 신비한 예감에 휩싸이곤 했어. 강물이 가닿을 지역들에서 나를 기다리고 있을 멋진 모험들을 상상한 거지. 내 상상력은 이내 한계에 부딪쳤지만 내 마음은 계속 강물을 따라 더 먼 곳을 향했어. 결국에는 눈에 안 보일 정도로 까마득히 먼 곳에서 끝이 났지만. 친구, 훌륭한 우리 조상들은 그렇게 제한된 삶을 살면서도 또 그렇게 행복했어! 그분들의 감성과 문학은 비할 데 없이 순진무구했어! 광활한 바다와 끝없이 펼쳐진 대지에 관한 오디세우스의 이야기를 생각해봐. 그 얼마나 진실되고 인간적이고 친밀하고 밀접하고 신비로운지. 지금 내가 어린 학생들과 지구는 둥글다고 입씨름해본들 무슨 소용이 있겠어. 인간이 땅 위에서 살아가기 위해서는 약간의 흙만 있으면 되고, 땅속에서 잠들기 위해서는 그보다 더 적은 양의 흙으로도 충분한데.

지금 나는 후작의 수렵용 별장에 머물고 있어. 후작이 격식에 얽매이지 않고 소탈하신 분이라 그분과는 별 마찰 없이 잘 지내고 있어. 문제는 그분 주위에 정체 모를 이상한 사람들이 많다는 거야. 뭐 악당은 아닌 듯하지만 성실한 사람들 같지도 않아. 가끔 성실한 모습을 보여줄 때도 있는데 왠지 믿음이 안 가. 또 하나 유감스러운 것은 후작이 종종 어딘가에서 들었거나 읽은 이야기를 해주는데, 그 이야기를 해준 다른 사람의 관점을 그대로 따른다는 거야. 아무튼 그분은 나의 감성보다 이성과 재능을 더 높이 평가해. 감성이야말로 내가 유일하게 자부심을 느끼는 것인데. 게다가 그거야말로

모든 힘과 행복과 불행의 유일한 원천인데. 아, 내가 아는 것
은 다른 사람도 알 수 있겠지만 내 감성만은 오롯이 나 혼자
만의 것이야.

5월 25일

실은 그동안 계획을 하나 세웠고, 실행에 옮기기 전까지
아무한테도 말하지 않을 작정이었어. 그러나 계획이 무산되
었으니 이제 말해도 상관없겠지. 무슨 계획이었냐고? 전쟁에
참전하는 거였어. 그런 생각을 품은 지는 꽤 오래됐어. 후작
을 따라 이곳으로 온 이유들 가운데 실은 그 이유가 컸어. 그
분이 ○○에 소속된 장군이시거든. 그런데 산책길에 후작에
게 내 계획을 털어놓았더니 적극 만류하셨어. 나를 설득하는
그분의 말씀을 별로 귀담아듣고 싶지 않았던 까닭은 내 계획
이 망상보다 열정에서 비롯되었기 때문일 거야.

6월 11일

내게 무슨 말을 해도 나는 더 이상 이곳에 머물 수 없어.

내가 여기서 뭘 하겠어? 하루하루가 지루할 뿐이야. 후작은 어떻게든 나를 붙잡으려 하지만 나는 그러고 싶지 않아. 우리 두 사람은 기본적으로 성향이 완전히 달라. 후작은 합리적인 분이지만 세속적인 수준을 넘어서지 못해. 그분과의 교류는 잘 쓰인 책 한 권을 읽는 것보다 나을 게 없어. 이곳에 일주일만 더 머물다가 다시 마음이 이끄는 대로 길을 떠날 생각이야. 그나마 여기 와서 제일 잘한 일은 그림을 그렸다는 거야. 후작은 예술에 대한 조예가 상당히 깊어. 학자연하는 그 역겨운 태도와 구태의연한 용어 사용만 자제한다면 예술을 더 깊게 느낄 수 있을 텐데. 가끔 내가 상상력을 동원해 그를 자연과 예술의 세계로 인도하려 해보지만 번번이 상투적인 전문용어를 들먹이며 자신이 모든 것을 정리하려고들 때면 이가 갈릴 정도로 화가 나.

6월 16일

그래 맞아, 나는 그저 세상을 떠도는 방랑자이자 순례자에 불과해! 그러는 너희들은 자신이 그 이상의 존재라고 믿는 거야?

6월 18일

　어디로 갈 생각이냐고? 너한테만 솔직하게 말할게. 2주
정도 이곳에 더 머물다가 ○○지역에 있는 광산을 찾아갈 생
각이야. 솔직히 광산에는 아무 관심도 없어. 내가 원하는 것
은 오로지 로테 곁으로 다시 돌아가는 거야. 그게 전부야. 이
런 나 자신이 한심한 줄 알면서도 별수 없이 마음이 시키는
대로 따라가고 있어.

7월 29일

　아니, 좋아! 전부 다 좋아! 만일 내가…… 로테의 남편이
라면! 오, 저를 창조하신 하느님, 제게 그런 축복을 베풀어주
셨다면 제 삶은 온통 기도로만 채워졌을 겁니다. 그렇게 해
주지 않으셨다고 불평하는 건 아닙니다. 이렇게 눈물 흘리는
저를 용서해주십시오. 저의 이 헛된 소망도 용서해주십시오!
그가 내 아내라면! 세상에서 가장 사랑스러운 그 여인을 품
에 안을 수만 있다면. 빌헬름, 알베르트가 로테의 가녀린 몸
을 끌어안고 있다고 생각하면 온몸에 전율이 흘러.
　그런데 이런 말을 해도 되는 걸까? 뭐 안 될 이유가 있

나, 빌헬름? 로테는 알베르트가 아니라 나랑 함께하는 게 더 행복했을 거야. 그는 로테의 마음이 원하는 것을 전부 채워 줄 수 있는 사람이 못 돼. 그는 감수성이 부족한 게 확실한데, 그건 문제가 아닐 수 없어. 이 말이 무슨 뜻인지는 네 마음대로 해석해. 한마디로 그는 공감 능력이 부족해. 좋은 책을 함께 읽다가 어느 대목에서 나와 로테의 느낌이 딱 일치하는 경우에도 그는 공감할 줄을 몰라. 제삼자의 어떤 행동을 보고 우리가 크게 감동해 탄성을 내질렀을 때도 마찬가지였어. 사랑하는 빌헬름! 물론 알베르트는 온 마음을 바쳐 로테를 사랑해. 그런 사랑이니 무슨 보답인들 못 받겠어!

반갑지 않은 손님이 찾아오는 바람에 잠시 편지 쓰는 게 중단됐어. 그사이에 눈물은 말라버렸고 집중력도 흐트러졌어. 잘 지내, 친구!

8월 4일

나만 이렇게 사는 게 힘든 건 아니겠지. 세상 사람 가운데 희망에 속고 기대에 배신당하지 않는 사람은 없을 테니까. 보리수나무 아래서 만났던 그 착한 여인을 찾아갔었어. 맏이가 나를 보고 환호성을 지르며 달려오는 바람에 덩달아

엄마까지 따라 나왔지. 못 본 사이에 얼굴이 몹시 상했더군. "선생님, 우리 한스가 죽었어요!" 그 여인이 내뱉은 첫마디였어. 한스는 그의 막내아들 이름이야. 나는 아무 말도 할 수 없었어. "그리고 남편이 스위스에서 빈손으로 돌아왔어요." 그가 말을 이었지. "돌아오는 길에 열병에 걸렸는데 착한 사람들이 도와주지 않았더라면 구걸까지 할 뻔했대요." 나는 아무 대꾸도 못 하고 아이한테 돈을 조금 쥐어줬어. 그러고는 여인이 주는 사과 몇 개를 받아 들고 그 슬픈 추억의 장소를 떠났다네.

8월 21일

시시때때로 변하는 게 사람 기분인데, 나는 왜 그게 잘 안 될까? 나도 내 인생을 다시 낙관적으로 바라보고 싶어. 딱 한순간만이라도! 하지만 그런 몽상에 빠져들면 자꾸 이런 생각을 떨쳐버릴 수 없어. 만약 알베르트가 죽는다면? 그럼 내가? 맞아, 로테는…… 계속 이렇게 헛된 망상을 따라가다 보면 결국 심연에 이르고, 그 순간 나는 화들짝 놀라 뒷걸음질을 치는 거야.

내가 처음 로테를 무도회에 데려가기 위해 마차를 타고

지나갔던 길을 따라 성문 쪽으로 걸어가다 보니 그사이 풍경이 완전히 달라졌더군. 모든 것이, 정말 모든 것이 지나가 버렸어! 예전의 세상을 떠올리게 하는 것은 하나도 남아 있지 않았고, 당시 내가 느꼈던 감정도 전혀 되살아나지 않았어. 한때 세상을 호령하던 성주가 미래를 낙관하여 사랑하는 아들에게 모든 것을 갖춘 호화로운 성을 물려주고 죽었는데, 혼령이 되어 돌아와보니 성은 불타서 사라지고 폐허만 남은 광경을 지켜볼 때의 기분이 딱 지금 내 심정과 같을 거야.

9월 3일

가끔 이해가 안 되는 게 있어. 내가 이렇게 오직 로테만을 간절히 사랑하는데, 어떻게 다른 남자가 로테를 사랑할 수 있는 거지? 또 어떻게 로테를 사랑해도 되는 거지? 나는 오로지 로테만을 마음속 깊이 사랑하고 로테 외에는 아무것도 알지 못하고, 로테 말고는 아무것도 가진 게 없는데 말이야!

9월 4일

그래, 그렇게 됐어. 자연이 가을로 접어들자 내 마음과 내 주변도 전부 가을을 닮아가고 있어. 내 마음속 나뭇잎들은 노랗게 물들고 주변의 나뭇잎들도 이미 낙엽이 되어 떨어졌어. 내가 처음 이곳에 왔을 때 편지에 어느 농가의 하인 이야기를 써 보낸 거 기억나? 발하임에 갔을 때 그 사람 안부를 물었더니 그 집에서 쫓겨났다는데 그 후의 소식을 아는 사람이 없었어. 그런데 어제 다른 마을에 가던 길에 우연히 그 남자와 마주쳤어. 말을 걸었더니 그가 저간의 사정을 이야기해줬는데 정말 사람의 심금을 울리더군. 그의 말을 고스란히 옮길 수만 있다면 내가 왜 감동을 받았는지 너도 쉽게 이해할 수 있을 거야. 하지만 그래본들 무슨 소용이 있을까? 나를 불안과 슬픔에 빠뜨리는 이야기를 왜 나는 혼자서만 간직하지 못하는 걸까? 왜 나는 너의 기분까지 우울하게 만들려는 걸까? 왜 늘 너한테 나를 동정하고 비난할 기회를 주려는 걸까? 하지만 그 또한 내 운명이라면 어쩔 도리가 없지.

성격이 약간 소심한 그 남자는 처음에 슬픈 표정으로 내가 묻는 말에만 겨우 대답했어. 하지만 금세 자신과 나의 관계를 깨달은 것처럼 처음보다 훨씬 솔직하게 자신의 잘못을 털어놓고는 제 불행한 처지를 한탄했어. 친구여, 그의 말을 한마디도 빼놓지 않고 그대로 들려준 뒤 너의 판단을 구할 수 있으면 얼마나 좋을까! 아무튼 그는 고백했어. 아니, 추억을 더듬는 것에서 기쁨과 행복을 느끼는 사람처럼 이야기했어. 주인 여자를 연모하는 마음이 나날이 더 커졌다고 하더군. 그러다 결국 자신이 무엇을 하고 있는지, 그자의 표현을 빌리자면 고개를 어디로 돌려야 할지조차 모르게 되었다고 했어. 식음을 전폐한 것은 물론이고 잠도 잘 못 자고 숨조차 제대로 못 쉴 정도였다고 했어. 또 하지 말라는 일은 하고, 하라는 일은 까맣게 잊어버리고 말이야. 그러던 어느 날, 주인 여자가 위층의 자기 방에 있는 것을 알고는 귀신에 홀린 것처럼 뒤따라갔다는 거야. 아니, 자기도 모르게 이끌려갔다고 하더군. 그리고 주인 여자가 그의 간절한 애원을 외면하자 완력으로 욕보이려 한 거야. 어쩌다 일이 그 지경에 이르렀는지 자기도 잘 모르겠다고 하더군. 하늘에 맹세컨대 주인 여자를 향한 그의 마음은 순수했고, 단지 그가 자기와 결혼해 함께 여생을 행복하게 사는 것만을 간절히 바랐다고 했어. 한동안 이야기를 하던 남자는 할 말이 아직 남았는데 입이 떨어지지 않는 듯 말을 더듬기 시작했어. 그러다 얼굴을 붉히며 털어놓기를, 주인 여자가 약간의 친밀한 애정 표현이나 접촉을 어느 정도는 허락했다고 했어. 그는 중간에 두세번쯤 말을 끊고서 절대 주인 여자를 비난하기 위해 이런 말을 하는 게 아니라고 거듭 강조했어. 자기는 여전히 그를 사랑하고 존경하고 있으며, 지금까지 단 한 번도 그 사실을 입에 올린 적이 없다고 말이야. 그런데 지금 이렇게 그 이야기를 꺼낸 것은 자신이 정신 나간 나쁜 놈이 아니라는 것을 알려주기 위해서라고 했어.

친구, 내가 늘 입에 달고 살던 말을 여기서 또 꺼내야겠군. 예전에 그가 내 눈앞에 서 있던 모습 그대로, 또 지금 내 눈앞에 서 있는 모습 그대로 그 사람을 너에게 소개하고 싶어! 그래야 그의 운명에 대한 내 느낌과 연민을 너도 고스란히 느낄 수 있을 테니! 하지만 어쩌면 이것만으로도 충분할지 몰라. 너는 나에 대해, 또 내 운명에 대해 모르는 게 거의 없으니 어째서 내가 불행한 사람들, 특히 그 불행한 남자한테 마음이 이끌리는지 충분히 짐작할 수 있을 거야.

편지를 다시 한 번 읽어보고 나서야 깜빡하고 이야기의 결말을 말하지 않았다는 것을 깨달았어. 하지만 너라면 어렵지 않게 짐작하고 있을 것 같군. 주인 여자는 완강하게 저항했어. 그리고 때마침 찾아온 친정 오빠가 그 장면을 보고 말았지. 안 그래도 오래전부터 하인을 미워하며 쫓아낼 기회만 호시탐탐 노리고 있던 자인데 말이야. 여동생 슬하에 자식이 없으니 자기 자식들이 여동생의 재산을 물려받을 거라 기대하고 있는데, 동생이 재혼이라도 하게 될 경우 상속권이 날아갈까 봐 두려웠기 때문이지. 친정 오빠는 하인을 즉시 집에서 내쫓은 다음 혹시라도 여동생이 하인을 받아들일 마음을 먹지 못하도록 온 동네에 떠들썩하게 소문을 내버렸다고 해. 현재 주인 여자는 새 하인을 구했고 들리는 소문에 의하면 그로 인해 오빠와 사이가 틀어졌다는군. 사람들 말로는, 주인 여자가 분명 새 하인과 결혼할 거라는데 그의 오빠는 절대 그걸 용인하지 않을 거야.

지금까지 내가 한 이야기에는 조금의 과장도 섞여 있지 않아. 그럴싸하게 미화한 것도 아니고. 아니, 오히려 사실을 조금 누그러뜨려 이야기한 측면이 있어. 더욱이 일상에서 두루 쓰이는 단어와 표현들로 이야기하다 보니 표현이 거칠어진 것도 있고.

내 말은 이런 사랑, 이런 정절, 이런 열정은 결코 문학적으로 꾸며낼 수 없는 이야기라는 거야. 이건 생생한 실화야. 우리가 흔히 교양이 없거나 상스럽다고 말하는 계층의 사람들 사이에는 이런 사건이 가장 순수한 모습으로 살아 있어. 알고 보면 소위 교양인이라고 불리는 우리 같은 사람들은 쓸데없는 교육만 받은 거야. 부탁인데, 부디 이 이야기는 경건한 마음으로 읽어줘. 오늘 이 편지를 쓰는 동안 내 마음은 평온했어. 글씨체를 보면 평소처럼 마구 휘갈겨 쓰지 않았다는 걸 알 거야. 사랑하는 친구여, 이걸 네 친구의 이야기라 생각하고 읽어줬으면 해. 맞아, 내 상황도 이와 똑같았어, 앞으로도 그럴 것이고. 하지만 나는 그 불행한 남자의 반만큼도 용감하지 않고 반만큼도 단호하지 못해. 그래서 감히 그 남자와 비교할 엄두조차 낼 수 없어.

9월 5일

로테가 업무차 시골에 머물고 있는 남편에게 짧은 편지를 보냈어.

그 편지는 이렇게 시작해. "내가 세상에서 가장 좋아하고 사랑하는 이여, 최대한 빨리 돌아와요. 설레는 마음으로 당신이 돌아오기를 손꼽아 기다릴게요."

그런데 친구가 찾아와 사정이 생겨 알베르트가 기대만큼 빨리 돌아올 수 없다는 소식을 전해주는 바람에 그 편지는 발송되지 못했고, 저녁때쯤 내 손에 들어왔지. 내가 편지를 읽고 슬며시 미소를 지었더니 로테가 왜 웃느냐고 묻더군.

"인간의 상상력은 정말이지 신의 선물이 아닐 수 없어요." 나는 큰 소리로 말했어. "잠깐 동안 이 편지의 수신인이 나라고 상상했거든요."

그 말에 그는 갑자기 입을 다물었어. 아무래도 내 대답이 마음에 들지 않았나 봐. 나도 침묵하고 말았지.

9월 6일

이런 결심을 하는 게 쉽지 않았지만, 나는 로테와 처음 춤추던 날 입었던 소박한 푸른색 연미복을 더 이상 입지 않기로 했어. 옷이 너무 낡아 영 볼품없어졌거든. 이미 칼라와 소맷부리까지 그것과 똑같은 새 연미복을 맞췄어. 물론 노란 조끼랑 바지도. 그런데 영 지난번 것만큼 근사해 보이지 않네. 이유는 잘 모르겠어. 시간이 흐르면 새 옷에도 차츰 정이 들겠지.

9월 12일

로테가 알베르트를 마중하기 위해 며칠 여행을 다녀왔어. 그런데 오늘 로테의 집에 갔더니 그가 나를 맞아주더군. 어찌나 기쁘던지 그의 손등에 키스했어.

거울 위에 앉아 있던 카나리아가 날아와 그의 어깨 위에 앉았어. "새 친구를 데려왔어요." 새를 손 위에 앉게 한 뒤 로테가 이렇게 말했지. "동생들을 위해서요. 새가 얼마나 귀여운지 몰라요! 자, 한번 보세요! 빵을 주면 날개를 파닥거리며 콕콕 쪼아 먹어요. 심지어 나한테 입도 맞춘다니까요. 자, 보세요!"

로테가 작은 새를 향해 입을 내밀자 새는 마치 행복을 느낄 줄 안다는 듯 그의 달콤한 입술에 부리를 바짝 갖다 댔어.

"당신도 새의 키스를 한번 받아보세요." 로테가 내게 새를 건네주며 말했어. 새의 작은 부리가 그의 입술에서 내 입술로 옮아오더군. 새 부리가 내 입술에 닿는 순간 나는 사랑이 가득한 환희의 숨결을 느꼈어.

"새의 키스라고 욕망이 없는 건 아닌가 봐요." 나는 말했지. "먹이를 찾으려다 공허한 애무에 실망해 돌아서는 느낌이에요."

"이 새는 내가 입으로 건네주는 먹이도 잘 받아먹어요." 그 말을 하며 로테는 입술에 빵 부스러기 몇 개를 묻혀 새를 향해 내밀었어. 그의 입가에 순진무구한 사랑의 기쁨으로 가득한 미소가 맴돌았지.

나는 차마 그 모습을 볼 수 없어 고개를 돌려버렸어. 그는 그러지 말았어야 했어. 천사처럼 순진무구하고 행복한 모습으로 내 상상력을 자극하지 말았어야 했어. 삶에 대해 아무런 의욕도 없는 내 심장을 그렇게 깨우지 말았어야 했어!

하지만 왜 그러면 안 되는데? 그는 이토록 나를 신뢰하는데! 내가 자신을 얼마나 사랑하는지도 알고 있는데!

9월 15일

빌헬름, 이 세상에 얼마 남아 있지 않은 가치 있는 것들을 알아차리지도 못하고 느끼지도 못하는 사람들 때문에 화가 나 미쳐버릴 것 같아. 전에 내가 로테와 함께 세인트○○ 마을의 명망 있는 목사님을 방문했을 때 우리에게 그늘을 제공해줬던 목사관의 아름드리 호두나무들을 너도 기억할 거야. 늘 나의 영혼을 벅찬 기쁨으로 채워주던 나무들이었지! 목사관 앞마당이 그토록 정겹고 시원했던 것은 전부 그 나무들 덕분이었어. 나뭇가지들은 또 얼마나 근사했는데! 그 나무들에 얽힌 추억은 아주 오래전 그걸 심었던 독실한 목사님들로까지 거슬러 올라가야 해. 학교 선생님은 자기 할아버지한테서 들은 이야기라며 종종 목사님들 가운데 한 분의 이름을 언급하곤 했어. 매우 훌륭한 분이셨다고 하는데, 호두나무 아래 서서 그분을 생각하면 늘 마음이 경건해졌어. 그런데 어제 우리가 대화를 나누던 중 그 나무들이 잘려나갔다는 이야기가 나오자 학교 선생님은 눈물을 글썽거렸어. 그 나무를 베어냈다니 정말 기가 막힐 노릇이지 뭔가! 그 나무에 맨 처음 도끼를 휘두른 녀석을 찾아 내 손으로 죽여버리고 싶은 심정이었어. 나는 우리 집 정원에 있는 나무들 가운데 한 그루만 수명이 다해 죽어도 몇 날 며칠을 슬픔에 빠져 있는 사람인데 나무가 베어진 광경을 목도했으니 그 심정이 오죽했겠어. 사랑하는 친구여, 사람의 감정이란 게 도대체 뭔지! 그 문제로 마을에 한바탕 난리가 났었어. 온 마을이 지금 거세게 반발하고 있다네. 목사 부인이 제발 자신이 마을 사람들 마음에 얼마나 큰 상처를 입혔는지 깨달았으면 좋겠어. 혹시 버터나 계란을 비롯한 이런저런 헌물이 줄어든 걸 보고 눈치를 챘을까. 나무를 베어내게 한 장본인이 바로 그 신임목사(노령의 전임목사는 그사이에 세상을 떠났어)의 부인이거든. 비쩍 마르고 몸이 허약한 그 여자가 세상에 무관심하게 된 건 다 그럴 만한 이유가 있는데, 아무도 그 여자에게 관심을 주지 않았기 때문이야. 꽤나 박식한 척하면서 성서 연구에 끼어들지를 않나, 최근 유행하는 도덕적이고 비판적인 기독교 개혁운동에 빠져 라바터(요한나 카스퍼 라바터. 스위스 신학자-옮긴이)의 광신적 신앙을 무시하지를 않나, 참으로 어리석고 딱한 여자야. 더욱이 건강이 완전히 망가졌기 때문에 이 지상에서는 아무런 즐거움도 맛볼 수 없게 됐어. 하긴, 그러니 내 소중한 호두나무를 베어버릴 마음을 먹었겠지. 그 생각만 하면 분통이 터져 참을 수가 없어! 핑계는 또 얼마나 궁색한지, 낙엽이 떨어지면 마당이 질퍽질퍽 지저분해지고, 나무들에 가려 볕이 잘 안 들고, 호두가 익으면 사내아이들이 돌팔매질을 해대는 통에 정신이 사나워져 살 수가 없다는 거야. 차분하게 케니코트(벤저민 케니코트. 영국 신학자-옮긴이), 젬러(요한 잘로모 젬러. 독일 신학자-옮긴이), 미하엘리스(요한 다비트 미하엘리스. 독일 신학자-옮긴이)를 서로 비교하며 연구하는 데 방해가 된다나. 마을 사람들, 특히 노인들이 그 일에 불만이 많은 것을 보고 나는 이렇게 물었어. "어르신들은 어째서 지켜보고만 있었습니까?" "면장의 뜻이 그렇다는데 우리가 어쩌겠어." 그들이 대답했지. "이런 시골에서는 다 그런 법이야." 그러다 일이 제대로 터져버린 거야. 평소 멀건 수프만 끓여주는 아내의 까탈스러운 성격에 질려 있던 목사가 면장과 짜고 나무를 팔아 돈을 반씩 나눠 갖기로 모의한 거지. 하지만 궁정 사무국에서 그 소문을 듣고 나무를 궁정으로 가져오도록 한 후 최고 입찰가를 부른 사람에게 팔아버렸어. 글쎄, 알고 봤더니 나무가 있던 목사관 부지 일부의 소유권이 아직 궁정에 있었다는군. 이러나저러나 나무들은 베어졌어! 만약 내가 영주였다면! 목사 부인과 면장과 사무국까지 다 관할하는 영주였다면! 하지만 내가 정말 영주였다면 과연 영지 안에 있는 나무에 신경을 썼을까!

10월 10일

　로테의 검은 눈을 바라보고만 있어도 나는 금세 기분이 좋아져! 그런데 정말 화가 나는 게 뭔지 알아? 알베르트는 자신이 ─ 원했던 만큼 ─ 그리고 ─ 내가 ─ 그럴 거라고 ─ 믿고 있는 만큼 행복해 보이지 않는다는 거야. 나는 원래 이런 식으로 줄표를 사용하는 것을 좋아하지 않지만 여기서는 어쩔 수 없어. 이것만으로도 내 심정은 웬만큼 표현된 것 같아.

10월 12일

　오시안이 내 마음에서 호메로스를 밀어내버렸어. 이 위대한 시인이 나를 데려간 세계는 어쩌나 근사하던지! 그곳에선 자욱한 안개 속에서 은은한 달빛을 받으며, 선조들의 혼령을 인도하는 폭풍이 세차게 몰아치는 황야를 정처 없이 떠돌아다녀. 혼령들이 자신의 동굴에서 탄식하는 소리가 숲속을 요란스레 흐르는 강물 소리에 반쯤 묻혀 희미하게 들려오고, 또 고귀한 죽음을 맞이한 연인의, 이끼와 잡풀에 뒤덮인 무덤을 에워싸고 있는 네 개의 묘석 주위에서는 죽을 만큼 비통해하는 아가씨의 구슬픈 울음소리를 들을 수 있지. 그곳에선 드넓은 광야에서 선조들의 발자취를 찾아 헤매는 백발의 방랑시인도 볼 수 있어. 아아, 조상들의 묘석을 찾아낸 시인이 비탄에 잠긴 채 파도가 넘실거리는 바다 너머로 자취를 감추는 정겨운 저녁별을 올려다보고 있지. 그럼 이 영웅의 마음속에서 과거의 시간들이 생생하게 되살아난다네. 부드러운 빛이 위험을 피할 수 있도록 용사들의 앞길을 훤히 밝히고, 달빛이 승리를 거두고 화환에 둘러싸여 귀환하는 선박의 뱃길을 밝혀주던 시절 말이야. 마지막 남은 영웅은 이마에 깊은 수심이 새겨진 얼굴로 지칠 대로 지친 몸을 이끌고 무덤을 향해 비틀거리며 걸어가고 있어. 먼저 세상을 뜬 자들의 혼령이 힘없이 그를 향해 다가오면 그 영웅은 다시 뜨겁게 달아오르는 기쁨을 맛보고는 차가운 대지와 바람에 흔들리는 무성한 풀을 내려다보며 이렇게 외치는 거야. "나그네가 찾아올 것이다. 아름답던 나의 모습을 기억하는 나그네가 찾아와 이렇게 물을 것이다. '핑갈의 훌륭한 아들인 그 방랑시인은 어디 있느냐?' 하지만 그의 발길은 무심히 내 무덤을 그냥 지나칠 것이고, 헛되이 나를 찾아 세상을 떠돌아다닐 것이다." 오, 친구! 나는 이 고결한 용사처럼 칼을 빼어 들고, 생명이 서서히 꺼져가는 이 가혹한 고통으로부터 나의 영웅을 단번에 해방시켜주고 싶어. 그런 다음 이 해방된 반신半神에게 내 영혼을 보내주고 싶어.

10월 19일

아, 어찌 이리 마음이 허전할까! 이 지독한 공허함을 어찌하면 좋을까! 로테를 한 번만, 딱 한 번만 내 품에 안아볼 수 있다면 이 공허함이 완전히 메워질 텐데.

10월 26일

그래, 이제야 확실히 깨달았어, 친구. 사람들 마음속에 인간이라는 존재가 차지하고 있는 의미가 지극히 미미하다는 사실을 요즘 들어 더 분명히 알게 됐어. 로테의 집에 여자 친구가 놀러 왔더군. 나는 책을 가지러 옆방에 갔는데 영 책을 읽을 기분이 아니라서 글을 좀 쓸까 하고 펜을 들었어. 그때 두 사람이 두런두런 이야기를 나누는 소리가 들렸지. 누구는 결혼했고 누구는 병에 걸렸는데 환자 상태가 아주 심각하다는 등 시내의 온갖 소문들이 화제에 올랐어. "그 여자는 마른기침을 달고 살아. 얼굴에 살도 쪽 빠지고 뼈만 앙상한데 종종 기절까지 하나 봐. 아무래도 건강을 회복하기 힘들 것 같아." 여자 친구가 말했어. "○○ 씨도 몸이 안 좋다고 하던데." 로테가 말했어. "그래, 벌써 온몸이 퉁퉁 부었다나 봐."

친구가 대답했지. 나는 상상력을 발휘해 그 불쌍한 사람들의 병상을 머릿속으로 그려봤어. 그들의 모습이 생생하게 눈앞을 스치더군. 그들은 이승을 떠나야 하는 자신의 처지를 몹시 애통해했어. 그들이 얼마나…… 빌헬름, 그런데 두 아가씨의 말투는 생판 모르는 사람의 죽음을 이야기하는 것처럼 무덤덤하기 짝이 없더군. 나는 고개를 돌려 방 안을 이리저리 살펴봤어. 로테의 옷가지, 알베르트의 서류들, 이제는 정이 들어 친숙하게 느껴지는 가구들이 보였어. 심지어 잉크병까지 눈에 들어왔지. 그걸 보며 생각했어. 이 집에서 네가 어떤 존재인지 똑똑히 봐! 전체적으로. 네 친구들은 너를 존경해. 너는 종종 그들에게 기쁨을 안겨주고, 너 역시 그들 없이는 살 수 없을 거라고 느껴. 그런데 이제 네가 이곳을 떠난다면? 그들을 떠나 멀리 가버린다면? 그들은 과연 너의 빈자리를 얼마나 오랫동안 느낄까? 너의 빈자리로 인한 상실감이 과연 얼마나 오래 지속될까? 아, 인간이 이토록 덧없는 존재라니! 자신이 확고한 존재감을 갖고 있다고 믿는 곳에서조차, 자신의 현존에 대해 깊은 인상을 남긴 유일한 곳에서조차, 사랑하는 이들의 기억과 영혼 속에서조차 인간이란 존재는 소멸되고 사라져야 하는 운명이라니! 그것도 순식간에!

10월 27일

인간관계라는 게 이렇게 얄팍한 것이었나 하는 생각이 들 때면, 종종 내 가슴을 갈가리 찢고 내 머리를 칼로 찌르고 싶어. 사랑이든 기쁨이든 온정이든 환희든, 내가 베풀지 않는 것은 남들도 내게 베풀지 않는 게 인지상정이야. 그리고 내 마음에 아무리 행복이 가득해도 내 앞에 서 있는 사람이 차갑고 무기력한 상태라면 그에게는 내 행복을 나눠 줄 수 없는 법이지.

10월 27일 저녁

내가 아무리 많은 것을 가지고 있다 해도 로테를 향한 내 감정 하나를 당할 수 없어. 내가 아무리 많은 것을 가지고 있다 해도 로테 없이는 아무짝에도 소용없어.

10월 30일

나도 모르게 로테의 목을 끌어안으려 한 적이 수백 번도 넘어. 그렇듯 사랑스러운 모습이 눈앞에서 왔다 갔다 하는데 손을 내밀어 붙잡을 수 없는 사람의 심정이 어떨지는 하느님만이 아실 거야. 손을 내밀어 뭔가를 붙잡으려는 것은 인간의 가장 자연스러운 충동이지. 아이들은 마음에 드는 게 있으면 뭐든 붙잡으려 하잖아. 그런데 나는?

11월 3일

내가 다시는 깨어나지 않기를 염원하며 잠자리에 들 때가 많다는 것을 하느님은 아실 거야. 때로는 정말로 그 염원이 실현될 거라는 기대감을 품고 잠들기도 해. 그러니 아침에 눈을 뜨고 다시 태양을 봤을 때 내 기분이 얼마나 비참했을지 알겠지. 아, 차라리 내가 변덕스러운 사람이었다면. 그러면 모든 책임을 날씨나 제삼자, 혹은 잘못 세운 계획 탓으로 돌릴 수 있을 텐데. 그러면 이 참을 수 없는 분노의 절반쯤은 덜어낼 수 있을 텐데. 아, 처량한 내 신세! 하지만 이 모든 것은 전적으로 내 잘못이라는 것을 잘 알고 있어. 아니, 잘못까지는 아니야! 과거의 내 모든 행복이 그랬듯이 이 모든 불행의 원천도 내 마음속에 숨어 있다는 사실을 인정하는 정도로 충분해. 어디를 가든 충만한 감정을 만끽하고, 발걸음을 내디딜 때마다 낙원이 뒤따라오고, 사랑의 마음으로 온 세상을 껴안으려 했던 과거의 나는 지금의 나와 다른 존재였을까? 이제는 그 마음의 원천이 완전히 말라버려 더 이상 기쁨이 한 방울도 샘솟지 않아. 내 두 눈도 메말라버리는 바람에 솟구치는 눈물에서 원기를 보충하던 감각들도 불안스레 이맛살만 찌푸리게 만들어. 내 인생의 유일한 기쁨이었던 성스러운 생명력이 사라져버렸어! 나로 하여금 주변 세계를 창조할 수 있도록 해주었던 그 힘을 상실하고 나니 너무나 괴로워! 창가에 서서 멀리 있는 언덕을 바라보면 언덕 위로 떠오른 아침 해가 안개를 밀어내고 고요한 초원을 비춰. 그리고 잎이 다 떨어진 버드나무 사이로 잔잔한 강물이 나를 향해 구불구불 흘러오는 게 보여. 아, 하지만 이렇게 근사한 풍경도 내 눈에는 마치 에나멜을 칠한 그림처럼 전혀 생기가 느껴지지 않아. 세상 그 어떤 환희도 내 가슴에서 뇌로 한 방울의 기쁨도 길어 올리지 못해. 수족이 멀쩡한 사내가 바짝 말라버린 우물이나 물이 줄줄 새는 양동이처럼 하느님 앞에 서 있는 격이야. 내가 얼마나 자주 땅바닥에 엎드려 하느님께 제발 눈물 좀 흘릴 수 있게 해달라고 기도했는지 모를 거야. 그때 내 심정은 머리 위에서 하늘이 청동색으로 물들고 땅바닥이 바짝바짝 갈라지는 것을 보며 비를 내려달라 기도하는 농부와 같아.

아아, 하지만 우리가 아무리 간절히 애원한들 하느님은 절대 비와 햇볕을 내려주시지 않을 것 같은 느낌이 들어. 지금은 그때의 추억을 떠올리기만 해도 마음이 괴로운데 어째서 나는 그 시절에 그토록 행복했을까? 그건 아마도 인내심을 가지고 성령을 기다리면서 하느님이 내게 베풀어주신 기쁨을 진심을 다해 감사히 받아들였기 때문일 거야.

11월 8일

로테가 너무 절제를 모른다며 나를 질책했어! 물론 더없이 사랑스러운 말투로! 포도주를 입에 댔다 하면 한 병을 다 마셔야 직성이 풀리는 내 버릇을 두고 한 말이지.

"제발 저를 생각해서라도 그러지 마요!" 로테가 말했어.

"생각하란 말이죠!" 내가 말했어. "나한테 굳이 그렇게 말할 필요 없어요. 나야 물론 당신을 생각하죠. 아니, 생각하지 않아요. 당신은 늘 내 영혼 앞에 서 있는걸요. 오늘도 나는 얼마 전 당신이 마차에서 내렸던 그 자리에 앉아 있었어요."

그러자 로테가 화제를 돌리더군. 내가 그 이야기를 본격적으로 하게 될까 봐 우려한 거야. 친구, 그럼 나는 거기에 따를 수밖에! 그는 나를 자기 마음대로 다룰 수 있어.

11월 15일

빌헬름, 진심 어린 관심과 선의의 충고 고마워. 하지만 지나친 걱정은 접어두고 내가 끝까지 버텨내는 모습을 가만히 지켜봐줘. 내가 지칠 대로 지친 것은 사실이야. 하지만 아직 헤쳐 나갈 힘은 충분히 남아 있어. 너도 알다시피 나는 종교를 존중해. 종교는 지친 자들에게는 지팡이가 되어주고 목말라 죽어가는 자들에게는 청량제가 되어주지. 다만, 종교가 누구에게나 그럴 수 있고, 또 그래야만 하는 것일까? 이 넓은 세상을 둘러보면 설교를 들었든 듣지 않았든 종교의 그런 효과를 누리지 못한 사람들이, 또 앞으로도 누리지 못할 사람들이 널렸어. 그렇다면 나는 어떨까? 과연 나도 종교의 그런 효과를 누릴 수 있을까? 하느님의 아들도 제 주위에 몰려드는 사람들은 하느님 아버지가 그에게 보내주신 자들이라고 말했잖아(『요한복음』 6장 44절, 65절 참조―옮긴이). 그런데 만약 내가 하느님이 당신 아들에게 보내준 사람이 아니라면? 내 마음이 느끼는 것처럼 만약 하느님의 뜻은 나를 그냥 당신 곁에 두시는 거라면? 제발 내 말을 곡해하지는 마. 이건 순수한 내 마음의 표현일 뿐, 조롱의 뜻은 전혀 없어. 지금 내 솔직한 심정이 그렇다는 거야. 그게 아니라면 나는 차라리 입을 다물었을 거야. 남들도 모르고 나도 모르는 일에 대해서는 별로 말하고 싶지 않아. 인간의 운명은 자기 분수를 지키면서 제 몫의 술잔을 비우는 것이 아닐까? 아마 하느님의 아들 인간 예수의 입술에도 운명의 술은 씁쓸했을 텐데 내가 굳이 허세를 부리며 달콤한 척할 필요는 없겠지. 내 모든 존재가 삶과 죽음의 갈림길 앞에서 두려움에 떨고, 과거는 어두운 미래의 심연 위에서 번개처럼 번쩍이고, 내 주변의 모든 것이 가라앉고, 나와 함께 온 세상이 붕괴하는 이 끔찍한 순간에 내가 뭐가 부끄러워서 허세를 부리겠어. 이건 속수무책으로 끝없이 추락하는 절박한 상황 속에서 기어오르려 안간힘을 써도 아무 소용없는 사람의 깊은 내면에서 터져 나온 외침이야. "나의 하느님, 나의 하느님, 어찌하여 저를 버리셨나이까?"라는 비명. 이런 처지에서 내뱉은 말을 대체 내가 왜 부끄러워하겠어. 천을 말듯 하늘을 둘둘 말 수 있다는 그분조차도 피하지 못한 순간을 대체 내가 왜 두려워해야 하는데.

11월 21일

　로테는 나와 그 자신을 파멸로 이끌 독약을 준비하고 있는 사람이 자기 자신이라는 사실을 깨닫지도, 느끼지도 못해. 그런데도 나는 그가 내미는 파멸의 술잔을 오히려 희열을 느끼며 덥석 받아 마시지. 그가 자주—자주인가?—아니 자주는 아니지만 이따금 나를 바라봐주는 따스한 눈길, 나도 모르게 불쑥불쑥 튀어나오는 감정들을 스스럼없이 받아주는 너그러운 마음씨, 애써 참고 견디는 나를 바라볼 때 그의 표정에 드러나는 연민은 대체 무슨 의미이겠어?

어제는 내가 작별인사를 하자 그가 손을 내밀며 이렇게 말했어. "안녕히 가세요, 사랑하는 베르테르!" 사랑하는 베르테르! 그가 나에게 '사랑하는'이라는 수식어를 붙인 것은 이번이 처음이었어. 그 말이 내 심금을 울렸지. 나는 그 말을 골백번도 넘게 되뇌었어. 어젯밤 잠자리에 들 때는 혼잣말을 하다 나도 모르게 불쑥 "잘 자요, 사랑하는 베르테르!"라는 말이 튀어나왔어. 어찌나 기가 막히던지 웃음이 나오더군.

11월 22일

"로테를 제게 허락해주십시오!"라고 기도할 수는 없어. 그런데도 종종 그가 내 여자라는 생각이 들어. "로테를 제게 주십시오!"라고 기도할 수는 없어. 그는 이미 다른 남자의 여자니까. 그게 너무 마음 아파서 이런 식으로라도 푸념하는 거야. 계속 이런 식으로 가다가는 모순되는 말을 끝없이 늘어놓게 될지도 모르겠군.

11월 24일

내가 무엇을 참고 견디고 있는지는 로테도 잘 알아. 그의 눈빛이 오늘 내 마음 깊은 곳을 건드렸어. 오늘 집으로 찾아갔더니 마침 그는 혼자 있었지. 나는 아무 말도 하지 않았고, 그도 나를 물끄러미 바라보기만 했어. 나는 이제 그에게서 더 이상 사랑스러운 아름다움이나 반짝반짝 빛나는 뛰어난 지성을 찾지 않아. 그런 건 이미 내 눈앞에서 전부 사라져버렸어. 대신 그것보다 훨씬 근사한 눈빛이 나를 사로잡았어. 그 눈빛에는 참된 관심과 달콤한 연민이 가득해. 왜 나는 그의 발치에 엎드리면 안 되는데? 왜 나는 그의 목에 수없는 입맞춤으로 대답하면 안 되는데? 결국 그는 피아노로 도망쳤어. 그리고 피아노 반주에 맞춰 감미로운 목소리로 속삭이듯 노래했지. 그의 입술이 그토록 매혹적으로 느껴진 적은 처음이었어. 그는 마치 피아노에서 흘러나오는 달콤한 선율을 제 몸속으로 빨아들이려는 듯 애절하게 입술을 열었고, 그 순결한 입에서 은밀한 메아리가 다시 울려 나왔어. 아, 그 광경을 네게 고스란히 전해줄 수 있다면 얼마나 좋을까! 나는 도저히 참을 수 없어 고개를 숙인 채 맹세했어. 천상의 정령들이 맴돌고 있는 저 입술에 감히 입을 맞추는 일은 없을 거라고. 하지만 입을 맞추고 싶다는—아, 정말 그러고 싶다는—갈망이 벽처럼 내 영혼 앞에 우뚝 서 있어. 그런 행복을 맛볼 수 있다면 그 죗값으로 파멸한대도 좋아. 그런데 그게 정녕 죄일까?

11월 26일

종종 나는 스스로에게 이렇게 말하곤 해. "너 같은 운명을 가진 자는 세상에 또 없을 거야. 너 이외의 다른 사람들은 행복하다고 할 수 있어. 세상에 너만큼 고통받은 자는 없어." 그리고 나서 옛 시인의 시를 읽으면 마치 내 마음속을 들여다보는 듯한 기분이 들어. 내가 견뎌야 할 고통이 아직도 많이 남아 있어! 아, 나 이전에 나만큼 비참한 사람이 있었을까?

11월 30일

　요즘은 도통 감정을 내 뜻대로 제어하기가 힘들어. 도처에서 나를 당혹스럽게 하는 일들과 맞닥뜨리고 있어. 오늘도! 오, 운명이여! 오, 인간이여!

　점심때가 됐는데도 입맛이 없기에 개울가로 산책을 나갔어. 주위가 온통 황량해 보이더군. 산 위에서 차고 눅눅한 저녁 바람이 불어오고 잿빛 비구름이 계곡으로 몰려왔어. 저 멀리 남루한 초록색 옷을 입은 남자가 보였지. 그는 약초라도 찾는지 바위들 사이를 기어 다녔어. 가까이 다가가자 인기척에 남자가 힐끗 뒤를 돌아보았어. 아주 특이한 인상의 사내였어. 얼굴엔 전체적으로 애잔한 슬픔이 진하게 배어 있지만 성품이 반듯하고 선량한 사람처럼 느껴졌어. 검은 머리는 두 가닥으로 말아서 핀으로 고정시켰고, 나머지 머리카락은 굵게 하나로 땋아 등 뒤로 늘어뜨렸더군. 옷차림으로 보아 신분이 낮은 사람인 것 같아서 말을 걸어도 크게 언짢아하지는 않겠다 싶었어. 나는 그에게 뭘 찾고 있느냐고 물었어. 그랬더니 크게 한숨을 내쉬며 이렇게 대답하더군. "꽃을 찾고 있는 중인데, 한 송이도 눈에 안 띄네요." "꽃 피는 철이 아니니까 그렇겠죠." 나는 미소를 지으며 말했어. "꽃이 아주 많아요." 남자가 내 쪽으로 내려오며 말했지. "우리 집 정원에는 장미하고 인동덩굴이 있어요. 하나는 아버지가 주신 건데, 둘 다 잡초처럼 무성하게 자랐어요. 그런데 이틀째 꽃을 찾고 있는데 도무지 안 보여요. 저기 바깥쪽에도 항상 꽃들이 피어 있거든요. 노란색, 파란색, 빨간색 꽃들이요. 용담초 꽃도 정말 예쁘답니다. 그런데 오늘은 하나도 눈에 안 띄네요." 나는 왠지 으스스한 기분이 들어 그에게 넌지시 물어봤어. "꽃은 대체 어디에 쓰려고요?" 그 순간 남자가 기묘하게 얼굴을 일그러뜨리며 미소를 지었어. "다른 사람들한테는 절대 이야기하지 마세요." 그가 손가락을 입술에 갖다 대며 말했어. "사랑하는 여자한테 꽃다발을 만들어주겠다고 약속했거든요." "그거 참 멋지네요." 내가 말했어. "아! 그런데 내 애인은 다른 물건도 많이 갖고 있어요. 부자거든요." 그가 말했어. "그렇다 해도 꽃다발을 만들어주면 아주 좋아할 겁니다." 내가 말했지. "아! 내 애인은 보석도 많고 왕관까지 있어요." 그가 다시 말을 이었어. "그분 이름이 어떻게 되나요?" "네덜란드 정부로부터 돈을 받았으면 나도 딴 사람이 되었을 겁니다!" 그가 대답했어. "네, 나한테도 좋은 시절이 있었지요! 하지만 이젠 모든 게 끝났어요. 이제 나는……." 그 말끝에 그는 촉촉한 눈길로 하늘을 올려다봤어. 그 순간 나는 모든 걸 파악했지. "예전에는 행복했나 봐요?" 내가 물었어. "아, 할 수만 있다면 다시 그 시절로 돌아가고 싶어요." 그가 말했어.

"그때는 마냥 행복하고 즐거웠어요. 물속을 헤엄치는 물고기처럼 생기가 넘쳤죠." "하인리히!" 그때 한 노부인이 우리 쪽으로 다가오며 소리쳤어. "하인리히, 어디 갔었니? 사방으로 찾아다녔잖아. 어서 밥 먹으러 가자!" "아드님이신가요?" 나는 노부인한테로 다가가며 물었어. "네. 가여운 내 아들이랍니다." 노부인이 대답했지. "하느님께서 제게 무거운 십자가를 지워주셨지요." "언제부터 저랬나요?" 내가 물었어. "저렇게 얌전해진 건 반년 정도 됐답니다." 노부인이 대답했어. "저 정도만 돼도 다행이다 싶어요. 그전에는 거의 일 년 동안 미쳐 날뛰는 바람에 정신병원에 들어가 사슬에 묶여 있었거든요. 이젠 사람들한테 해코지 같은 건 안 하니까요. 대신 맨날 왕이니 황제니 하면서 헛소리를 한답니다. 원래는 착하고 조용한 아이로 집안 살림도 잘 거들고 글씨체도 아주 좋았거든요. 그런데 어느 날 갑자기 우울증이 오더니 심한 열병을 앓은 끝에 그만 미치고 말았답니다. 지금은 보시다시피 저 지경이고요. 구구절절한 사연을 다 이야기하자면……." 노부인의 넋두리가 하염없이 이어질 것 같아 나는 그의 말을 끊으며 물었어. "아드님이 예전엔 마냥 즐겁고 행복했다고 자랑하던데, 그건 언제를 말하는 거죠?" "바보 같은 녀석!" 노부인이 연민과 애처로움이 가득한 미소를 지으며 소리쳤어. "미쳐서 제정신이 아니었을 때를 말하는 거랍니다. 늘 그때가 좋았다고 자랑하곤 하죠. 정신병원에 입원해 자신에 대해 아무것도 몰랐던 시절 말입니다." 그 말을 듣는 순간 나는 벼락을 맞은 것처럼 정신이 번쩍 들었어. 그래서 노부인의 손에 돈을 조금 쥐어주고 황급히 그 자리를 떴어. 당신은 그때 행복했었군! 그렇게 소리치며 나는 시내를 향해 빠르게 걸어갔어. 그때 당신은 물속을 헤엄치는 물고기처럼 행복했군! 하느님 아버지, 어찌하여 당신은 인간이 이성을 갖기 이전과 다시 이성을 잃어버렸을 때 외에는 행복을 느끼지 못하도록 운명을 정해놓으셨나요? 불행한 사람 같으니라고! 하지만 나는 당신이 앓고 있는 그 우울증과 정신착란 증세가 오히려 부럽기만 하네. 그대의 여왕에게 바칠 꽃을 찾겠다며 기대를 잔뜩 품고서 이 겨울에도 바깥을 돌아다니는 당신이. 꽃을 찾지 못해 슬퍼하면서도 정작 그 이유를 알지 못하는 당신이. 나는? 나는 아무런 기대도, 목적도 없이 집을 나섰다가 나갈 때의 모습 그대로 집에 돌아오지. 당신은 비록 헛된 꿈이나마 네덜란드 정부로부터 돈을 받으면 자신이 어떤 모습으로 변모할지 그려보는군. 자신이 불행한 이유는 세상의 방해 때문이라고 둘러댈 수 있는 당신은 축복받은 거야! 불행의 원인이 당신의 망가진 마음과 혼란스러운 정신에 있다는 것을 느끼지 못하니까! 당신은 이 세상 어느 왕이 와도 당신을 불행에서 구해낼 수 없다는 사실을 알지 못해. 머나먼 곳에 있는 샘물을 찾아 떠났다가 오히려 병세가 악화돼 더 고통스러운 여생을 보내는 병자를 빈정거리는 사람, 심적 고통에 시달리다 못해 양심의 가책과 번뇌를 떨쳐버리려 성자의 무덤으로 순례를 떠나는 자를 업신여기는 사람은 마땅히 쓸쓸한 죽음을 맞이해야 해! 제대로 길이 나지 않은 곳을 걷다가 발바닥이 갈라져도 내딛는 한 걸음 한 걸음은 영혼의 시름을 달래주는 한 방울의 진통제가 되고, 시련의 나날을 포기하지 않고 견뎌내면 그 시간만큼 심적 고통이 줄어들게 돼 있어. 그런데 푹신한 방석에 앉아 시시껄렁한 이야기나 늘어놓는 너희 같은 자들이 감히 그것을 망상이라고 불러도 되는 걸까? 망상! 오, 하느님! 제 눈물이 보이시죠! 인간을 이토록 불쌍한 존재로 창조하셨으면서 가진 것 없는 가난에다 당신에 대한 미약한 믿음마저 앗아가는 형제들까지 덧붙여주셔야만 했나요? 나무뿌리나 포도즙에 병을 치유하는 힘이 있다고 믿는 것은 곧 당신에 대한 믿음입니다. 주변의 삼라만상에 우리에게 늘 필요한, 병을 치유하고 마음을 진정시키는 힘을 숨겨두었을 거라는 믿음. 그런데 이제 저는 하느님 아버지를 잘 느끼지 못하겠습니다. 예전에는 제 영혼을 가득 채워주시더니 이제는 저를 외면하시는 하느님 아버지. 부디 저를 당신 곁으로 불러주십시오! 더 이상 침묵으로 일관하지 마십시오! 당신의 침묵은 목마른 제 영혼을 막을 수 없습니다. 집으로 돌아올 거라고는 생각도 못 했던 아들이 뜻밖에도 돌아와 목을 얼싸안으며 이렇게 외친다면 당신은 어쩌시겠습니까? "아버지, 저 다시 돌아왔어요. 끝까지 참고 견디라는 당신의 뜻을 따르지 못한 채 여행을 중단하고 이렇게 돌아왔다고 화내지 마십시오. 세상의 이치는 어딜 가나 매한가지입니다. 수고와 노동에는 대가와 기쁨이 따른다는 것이죠. 하지만 그게 제게 무슨 소용이 있을까요? 저는 오직 당신 곁에서만 행복을 느끼는데요. 그러니 저는 기쁨도 고통도 아버지 앞에서 누리렵니다." 하느님 아버지, 당신은 이렇게 말하는 아들을 쫓아내실 건가요?

12월 1일

빌헬름, 내가 얼마 전 편지에서 행복한 동시에 불행한 남자라고 말했던 사람이 알고 보니 로테 아버지 밑에서 일한 서기였어. 그는 혼자서 로테에 대한 연정을 키워오다가 결국 마음을 털어놓았고, 그 때문에 해고를 당해 결국 미쳐버린 거라더군. 그 이야기를 듣고 나는 말로 형용할 수 없는 큰 충격을 받았는데, 정작 내게 그 이야기를 전해준 알베르트는 태연자약하더군. 아마 이 편지를 읽는 너 역시 마찬가지겠지.

12월 4일

제발 나를 좀 이해해줘. 이대로는 도저히 안 되겠어. 더 이상 참을 수가 없어! 오늘 나는 로테 가까이에 앉았어. 나는 그냥 앉아 있고, 그는 피아노를 연주했지. 여러 곡을 연주했는데, 다양한 멜로디를 통해 온갖 감정을 다 표현하려는 듯했어! 전부! 전부 다! 내 기분이 어땠을 것 같아? 로테의 여동생은 내 무릎에 앉아서 인형을 갖고 놀았어. 그 순간 눈물이 핑 돌아 고개를 숙였더니 그의 결혼반지가 눈에 들어오더군. 눈물이 주르륵 흘렀어. 그 순간 그가 갑자기 더없이 감미로운 옛날 멜로디를 연주하기 시작했어. 정말이지 느닷없이. 그 멜로디가 내 마음을 어루만져줬어. 그 노래를 즐겨 듣던 시절, 불만과 헛된 희망으로 점철된 암울했던 시절의 추억들이 주마등처럼 눈앞을 스쳤어. 방 안을 왔다 갔다 했지만 감정이 북받쳐 숨이 막혔어. "제발." 나는 감정을 제어하지 못하고 그에게 다가가며 외쳤어. "제발 그만해요!" 로테가 연주를 멈추고 굳은 표정으로 나를 쳐다봤어. "베르테르." 그가 영혼 깊숙한 곳까지 파고드는 미소를 지으며 내 이름을 불렀어. "베르테르, 당신이 평소 즐겨 듣던 곡인데 귀에 거슬린다 하니 지금 몸 상태가 별로 안 좋은가 봐요. 아무래도 집에 돌아가서 푹 쉬는 게 좋겠어요." 나는 그 자리를 박차고 나왔어.

하느님! 제가 얼마나 비참한지 보셨죠. 부디 저의 이 고통을 끝내주십시오.

12월 6일

어디를 가든 로테의 모습이 나한테서 떨어지지 않아! 자나 깨나 그가 내 마음을 온통 차지해버렸어! 또 눈을 감으면 마음의 시력이 모이는 머릿속에 그의 까만 두 눈이 들어와 있어. 바로 여기에! 도무지 말로는 표현할 수 없어. 아무튼 눈을 감으면 그의 까만 두 눈이 보여. 바다 같고 심연 같은 그의 두 눈이 내 앞에 나타나는 거지. 그리고 내 안에 들어와 내 머릿속을 완전히 장악해버려.

반신半神이라고까지 추앙받는 인간이 어찌 이럴 수가 있단 말인가! 어째서 인간은 힘이 가장 많이 필요한 순간에 그런 힘이 남아 있지 않는 것일까? 인간은 뛸 듯이 기쁠 때든 슬픔에 잠길 때든 그 순간 자신의 감정에 온전히 빠질 수 없어. 하나의 감정에 충실해 무한함과 충만함 속에서 그 감정을 느끼려는 순간 무감각하고 차가운 의식 속으로 다시 끌려 나오거든.

편집자가 독자에게

나는 우리의 친구 베르테르의 주목할 만한 마지막 며칠간의 행적과 관련해 그가 자필로 남긴 자료들이 최대한 많이 남아 있기를 바랐습니다. 그랬다면 굳이 이런 글을 삽입해 그가 남긴 편지들의 흐름을 끊을 필요가 없었을 겁니다.

나는 베르테르에 관해 잘 알 법한 사람들을 직접 만나 정확한 정보를 모으려 애썼습니다. 사실 그에 관한 이야기들은 간단하며, 그에 관한 설명은 사소한 점들에 이르기까지 대부분 일치했습니다. 다만 베르테르 주변 인물들의 성격에 관해서는 의견이 분분하고 평가도 엇갈렸습니다.

그러니 이제 우리에게 남은 일은 어렵게 수집한 정보들을 있는 그대로 소개하는 것밖에 없습니다. 즉, 고인이 남긴 편지들을 삽입하고, 그동안 찾아낸 사소한 쪽지 하나까지도 소홀히 하지 않는 것입니다. 특히 평범하지 않은 사람은 그의 개별적인 행위 하나하나의 진정한 동기를 파악하는 것이 아주 어렵기 때문입니다.

날이 갈수록 베르테르의 마음속에는 불만과 의욕상실이 더 깊이 뿌리내리고 서로 더 단단하게 얽히더니 급기야 그의 삶을 모조리 잠식해버렸습니다. 정신의 조화는 완전히 무너져버렸고 내면의 흥분과 격정은 베르테르의 본성이 지닌 모든 힘을 혼란에 빠뜨리는 악영향을 미쳤습니다. 결국 베르테르는 거의 초주검이 되었습니다. 그는 그 상태에서 벗어나기 위해 과거 그 어떤 불행과 맞서 싸웠을 때보다 더 처절하게 몸부림쳤습니다. 하지만 마음속 불안이 그나마 남아 있던 정신력과 활력, 총명함까지 갉아먹었습니다. 그는 사람들과 함께할 때조차 표정이 어둡더니 갈수록 불행해졌습니다. 그리고 자신이 불행해질수록 남들에게도 못되게 굴었습니다. 적어도 알베르트의 친구들은 이구동성으로 그렇게 말합니다. 그들은 베르테르가 알베르트를 제대로 평가할 수 없었을 거라고 주장합니다. 알베르트는 본래 순수하고 차분한 성품으로 오랫동안 꿈꿔오던 행복을 마침내 움켜쥐었고 그 행복을 오래도록 지키려 애썼다고 합니다. 반면에 베르테르는 날마다 자신이 가진 기력을 전부 소진하고 저녁에는 진이 빠져 힘들어했다고 합니다. 알베르트의 친구들은 사람이 그토록 단시일 내에 변할 리가 없다면서, 알베르트는 베르테르가 처음 만났을 때 그토록 높이 평가하고 존경했던 그 모습 그대로였다고 주장했습니다. 그는 그 무엇보다 로테를 사랑하고 자랑스러워했으며, 그가 모든 사람에게 세상에서 가장 훌륭한 여인으로 인정받기를 원했다고 했습니다. 따라서 알베르트가 조금이라도 의혹이 생길 만한 자리를 되도록 피했다고 해서, 또 설령 방법이 순수하다 해도 자신의 귀한 보물을 누군가와 공유하려 하지 않았다고 해서 그를 비난할 수 있겠느냐고 물었습니다. 베르테르가 로테와 함께 있을 때 알베르트가 종종 그 자리를 피했다는 사실은 친구들도 인정했습니다. 하지만 그것은 베르테르를 증오하거나 혐오해서가 아니라 다만 그 자리에 함께 있으면 친구의 마음이 불편할까 봐 그랬다는 것입니다.

로테의 아버지는 문밖 출입을 할 수 없을 만큼 몸 상태가 안 좋았습니다. 그래서 마차를 보내 로테를 집으로 불렀습니다. 첫눈이 온 세상을 하얗게 뒤덮은 어느 아름다운 겨울날이었습니다.

베르테르는 그 이튿날 아침 혹시 알베르트가 아내를 데리러 오지 못하면 자신이 동행할 생각으로 로테를 뒤쫓아 갔습니다.

날씨는 청명했지만 베르테르는 우울한 기분을 떨쳐버리지 못했습니다. 압박감이 영혼을 짓누르고 슬픈 장면들이 계속 눈앞에서 어른거렸으며 고통스러운 상념들이 꼬리를 물고 이어졌습니다.

끊임없이 내면의 갈등 속에서 살아온 베르테르의 눈에는 다른 사람들 역시 걱정과 혼란을 겪으며 살고 있는 것처럼 보였습니다. 그는 알베르트와 로테 부부의 좋은 금슬에 자신이 방해꾼 노릇을 하고 있다고 믿었습니다. 하지만 이런 자책감 속에는 로테의 남편에 대한 은밀한 반감도 약간 섞여 있었습니다.

로테를 찾아가는 도중에도 베르테르는 온통 이 생각에 푹 빠져 있었습니다. 그는 은밀히 이를 갈며 혼잣말을 중얼거렸습니다. "그래, 그렇지. 두 사람은 친밀하고 다정하고 모든 것을 함께하는 허물없는 사이라고! 상대를 신뢰하기 때문에 말이 필요 없는 관계라고! 하지만 그건 권태와 무관심의 다른 표현이야! 그는 귀하고 소중한 제 아내보다 온갖 하찮은 일들에 더 마음을 쓰고 있잖아! 그는 자신의 행복이 얼마나 귀한 것인지 알고 있을까? 그 행복의 가치에 합당하게 로테를 존중하고 있을까? 어쨌거나 로테는 자기 여자다 이거겠지. 좋아. 로테가 그의 사람인 건 맞아. 그건 나도 잘 알아. 그 사실은 이미 충분히 숙지하고 있어. 그런데도 문득 그 생각이 떠오르면 미쳐버릴 것 같아. 이러다 죽을지도 모르겠다는 생각이 들 정도로. 나에 대한 그의 우정은 과연 진심일까? 혹시 로테에게 집착하는 나를 보고 자신의 권리가 침해당했다고 생각하지는 않을까? 로테에게 베푸는 나의 친절한 배려를 자신에 대한 무언의 비난으로 여기지는 않을까? 그가 나와의 만남을 그리 반기지 않는다는 사실은 잘 알고 있고 그렇게 느낀 적도 많아. 그는 나와 거리를 두고 싶어 하지. 내 존재 자체가 부담스러운 거야."

젠걸음으로 걸어가던 베르테르는 도중에 몇 번씩이나 발걸음을 멈췄습니다. 다시 집으로 돌아가려는 사람처럼 말이죠. 하지만 그는 번번이 다시 발걸음을 내디뎠습니다. 그러고는 생각에 잠겼다 혼잣말을 했다 하면서 마침내 로테 아버지의 수렵용 별장에 도착했습니다.

그는 문 안으로 들어서며 노인과 로테의 안부를 물었습니다. 그런데 분위기가 어딘지 어수선해서 물었더니 가장 맏이인 남자아이가 발하임에서 불상사가 발생했다고 말했습니다. 한 농부가 누군가에게 맞아 죽었다는 것이었습니다! 베르테르는 그 이야기를 그냥 건성으로 들어 넘기고 방 안으로 들어갔습니다. 그곳에선 로테가 건강이 안 좋은데도 사건을 조사하기 위해 직접 현장에 가겠다고 고집을 부리는 아버지를 만류하느라 정신이 없었습니다. 피살자는 아침에 현관문 앞에서 발견됐는데 범인은 아직 밝혀지지 않은 상태였습니다. 하지만 추정에 의하면 피살자는 어느 과부의 집에서 일하는 하인이라고 했습니다. 과부의 집에는 예전에 다른 하인이 고용돼 있었는데 말썽을 피워 쫓겨났다고 했습니다.

그 이야기를 듣자마자 베르테르는 자리에서 벌떡 일어났습니다. "말도 안 돼!" 그가 외쳤습니다. "그곳에 가봐야겠습니다. 그냥 있을 수가 없네요." 그는 서둘러 발하임으로 향했습니다. 지난 추억들이 생생하게 떠올랐습니다. 그는 누가 범인인지 확신했습니다. 여러 번 대화를 나누면서 소중한 인연을 맺은 바로 그 남자가 범행을 저지른 게 분명했습니다.

사람들이 시신을 놓아둔 술집으로 가려면 보리수나무를 지나가야 했습니다. 예전에는 그토록 정겹게 느껴지던 그 장소에 이르렀을 때 베르테르는 경악했습니다. 동네 아이들이 종종 모여 놀던 그 문지방이 피로 얼룩져 있었습니다. 인간이 가진 가장 아름다운 감정이라 할 수 있는 사랑과 신의가 폭력과 살인으로 변해버린 것입니다. 잎이 다 떨어진 굵은 나뭇가지들에 서리가 하얗게 덮여 있었습니다. 교회 묘지를 둘러싸고 있는 야트막한 돌담을 아치처럼 덮고 있던 아름다운 산울타리도 앙상한 가지들만 남아서 그 틈새로 눈 덮인 묘비들이 보였습니다.

베르테르가 마을 사람들이 모여 있는 술집을 향해 다가가고 있는데 갑자기 사람들이 웅성거리기 시작했습니다. 멀리서 무장한 남자들 한 무리가 다가오는 게 보였습니다. 다들 범인을 체포해 데려오는 것이라며 떠들어댔습니다. 베르테르가 그쪽으로 시선을 돌려 보니 더 이상 의심의 여지가 없었습니다. 맞았습니다. 과부를 몹시 사랑했던 바로 그 하인이었습니다. 얼마 전 분노와 절망을 조용히 삭이며 배회하던 베르테르가 우연히 마주쳤던 바로 그 남자였습니다.

"이게 대체 무슨 일이란 말인가, 딱한 사람 같으니라고!"

베르테르가 체포된 남자를 향해 다가가며 외쳤습니다. 한동안 베르테르를 물끄러미 바라보던 남자가 마침내 차분하게 입을 열었습니다. "아무도 그 여자를 차지할 수 없어요. 그 여자 역시 아무도 남편으로 맞을 수 없고요." 사람들이 그 남자를 술집 안으로 끌고 들어가자 베르테르는 서둘러 그곳을 떠났습니다.

이 끔찍하고 경악스러운 사건은 베르테르의 마음과 정신을 전부 앗아가버렸습니다. 그 남자에 대한 연민으로 베르테르는 잠시나마 슬픔과 불만, 냉소적 체념 상태에서 빠져나와 어떻게든 그를 구해야 한다는 사명감에 사로잡혔습니다. 그 남자의 불행한 처지가 너무 안타까운 나머지 비록 그가 범죄를 저지르긴 했으나 죄인은 아니라고 생각했습니다. 그에게 감정이 너무 이입되다 보니 사람들에게 그의 무죄를 납득시킬 수 있을 것 같은 확신이 들었습니다. 그 남자를 변호하겠다고 마음먹으니 벌써 변론 때 해야 할 말이 입안에서 맴돌았습니다. 베르테르는 서둘러 수렵용 별장을 향해 가면서 행정관에게 해야 할 말을 나직하게 중얼거렸습니다.

행정관의 방에 들어가보니 알베르트가 도착해 있었습니다. 순간 베르테르는 기분이 상했으나 이내 마음을 다잡고 행정관에게 제 생각을 열심히 밝혔습니다. 행정관은 여러 번 고개를 내저었습니다. 베르테르는 사실에 입각해 열성적으로 그 남자를 변호하기 위해 그가 할 수 있는 최선의 노력을 다했습니다. 하지만 충분히 예상할 수 있듯이 행정관은 동요하는 기색이 전혀 없었습니다. 동요는커녕 오히려 중간에 우리 친구의 말을 가로막고 강하게 반박했을 뿐만 아니라 살인범을 두둔한다며 비난까지 했습니다. 그런 식이라면 법은 무용지물이 되고 국가의 모든 치안은 무너질 거라면서 말입니다. 따라서 이번 사건의 최고 책임자인 자신은 모든 것을 법규와 정해진 절차대로 진행할 수밖에 없다고 덧붙였습니다.

그럼에도 베르테르는 포기하지 않았습니다. 그는 행정관에게 그 남자가 도주할 수 있도록 도와주는 이가 있다면 부디 너그럽게 눈감아달라고 간청했으나 그 부탁마저 거절당했습니다. 대화에 끼어들 기회를 노리던 알베르트가 노인의 편을 들고 나섰습니다. 두 사람이 한편이 되어 몰아붙이자 베르테르는 물러설 수밖에 없었습니다. 행정관이 몇 번씩 "안 될 일이야. 그자를 구제할 수는 없어"라고 말하자 베르테르는 마음에 커다란 상처를 입은 채 그곳을 떠났습니다.

베르테르의 서류 뭉치 속에서 발견한 한 장의 쪽지를 통해 그가 행정관의 말에 얼마나 깊은 상처를 입었는지 알 수 있습니다. 이 쪽지는 그날 쓰인 것이 확실합니다.

"당신은 구제받을 길이 없어! 불쌍한 사람! 우리는 구제받을 길이 없다는 것을 이제 알겠어."

행정관 앞에서 알베르트가 체포된 용의자에 대해 한 마지막 발언 때문에 베르테르는 기분이 몹시 상했습니다. 알베르트의 발언이 자신에 대한 극도의 반감에서 비롯된 것이라고 느꼈기 때문입니다. 흥분을 가라앉히고 차분히 생각했다면 총명한 베르테르는 두 사람의 주장이 옳다는 것을 충분히 깨달았을 것입니다. 하지만 그는 그것을 인정하고 굴복하는 건 곧 자신의 가장 깊은 현존을 체념하는 것이라고 느꼈습니다.

우리는 이 일과 관련해 서류들 속에서 알베르트와 베르테르, 두 사람의 관계를 보여주는 쪽지 하나를 발견했습니다.

"그 남자가 성실하고 착한 사람이라고 말해본들 무슨 소용이 있을까. 그 일이 이렇게 내 애간장을 저미는데 어찌 내가 공정해질 수 있단 말인가."

저녁에 눈이 녹을 정도로 날이 풀리자 로테는 알베르트와 함께 걸어서 집으로 돌아왔습니다. 도중에 로테는 베르테르가 동행하지 않은 게 못내 서운했는지 자꾸 주위를 둘러보았습니다. 베르테르의 이야기를 꺼낸 알베르트는 최대한 공평한 태도로 그를 비난했습니다. 베르테르의 열정이 너무 미숙하다면서 되도록 그를 멀리하는 것이 좋겠다고 말입니다. "우리를 위해서도 그러는 게 좋겠어요." 알베르트가 말을 이었습니다. "그러니 제발 부탁인데, 당신을 대하는 베르테르의 태도가 바뀔 수 있게 애 좀 써봐요. 우리 집을 방문하는 횟수도 좀 줄이도록 신경 쓰고요. 지켜보는 눈들이 많아요. 안 그래도 벌써 여기저기서 사람들 입방아에 오르내리고 있어요." 로테가 가만히 이야기를 듣고만 있자 알베르트는 아내의 침묵이 마음에 걸렸는지 더 이상 아내 앞에서 베르테르의 이야기를 꺼내지 않았습니다. 어쩌다 아내가 베르테르 이야기를 꺼내도 그 스스로 이야기를 끊거나 화제를 돌리곤 했습니다.

불행한 남자를 구하려다 실패로 끝난 베르테르의 노력은, 꺼지기 직전에 가장 밝게 빛난다는 촛불의 마지막 불꽃이었습니다. 이후 그의 고통과 무력감은 더욱 심해졌습니다. 게다가 그 남자가 이제 와서 범행을 부인하는 탓에 어쩌면 반대 측 증인으로 소환될 수도 있다는 이야기를 듣고는 거의 제정신이 아니었습니다.

그가 현실에서 겪었던 온갖 불행한 일들, 공사관에서 겪었던 불쾌한 사건들, 실패하거나 마음을 상하게 했던 일들이 꼬리를 물고 뇌리를 스쳤습니다. 그런 일들을 겪었으니 지금 이렇게 무위도식하고 있는 것도 당연하다 싶었습니다. 앞날에 그 어떤 희망도 안 보였을 뿐만 아니라 앞으로는 평범한 사회생활도 불가능할 것 같았습니다. 결국 베르테르는 자신의 특이한 감수성과 사고방식, 끝없는 열정에만 사로잡힌 나머지 다정하고 사랑스러운 여인과의 슬픈 만남 하나에만 매달렸습니다. 그로 인해 그 여인의 평온한 삶을 방해하고 아무런 목적도 희망도 없는 일에 자신의 힘을 전부 낭비하면서 슬픈 종말을 향해 치달았습니다.

이제 베르테르의 혼란과 열정, 부단한 정진과 노력, 삶의 무료함을 확실하게 입증해줄 편지 몇 통을 여기에 넣고자 합니다.

12월 12일

사랑하는 빌헬름, 지금 내 상태가 어떤지 알아? 악령에 사로잡혔다는 말을 듣는 불행한 사람들이 있다더니 내가 딱 그 짝이야. 요즘 나는 종종 두려움도 욕망도 아닌 이상한 감정에 사로잡히곤 해. 정체를 알 수 없는 내면의 광기 같은 것인데, 그 감정에 휩싸일 때면 가슴이 찢어지고 목이 졸리는 것처럼 너무나 고통스러워! 그럴 때면 인간에게 적대적인 이 계절의 스산한 밤 풍경 속을 이리저리 헤매고 다녀.

어젯밤에는 도저히 그냥 집에 머물 수가 없었어. 갑자기 추위가 물러가고 날씨가 풀리자 강물이 범람하고 개울물이 불어나는 바람에 발하임에서부터 내가 즐겨 찾는 아래쪽 계곡까지 온통 물에 잠겼다는 말을 들었거든! 나는 밤 11시가 지난 시각에 밖으로 뛰쳐나갔어. 바위 위에 서서 달빛 아래서 거센 물결이 소용돌이치는 광경을 보고 있자니 참으로 무섭더군. 논밭과 초원과 울타리를 전부 뒤덮은 물살이 넓은 계곡에서 요동을 치는데, 마치 폭풍이 몰아치는 가운데 파도가 거세게 출렁이는 바다 같았어! 잠시 후 달이 검은 구름 위로 떠오르자 물살이 무서우리만치 강렬한 달빛을 반사하며 요란스럽게 흘러갔어. 그 순간 온몸에 전율이 흐르면서 그리움이 밀려왔어! 아, 나는 낭떠러지 앞에서 두 팔을 활짝 벌리고 크게 숨을 들이마셨어! 아주 깊이! 그러자 고통과 슬픔이 마치 파도에 휩쓸린 것처럼 전부 떠내려가고 환희가 밀려오더군! 아, 그런데도 나는 이 모든 고통을 단번에 끝낼 수 있도록 땅바닥에서 두 발을 떼지 못했어! 내 생명의 시계가 아직은 멈추지 않았다고 느꼈거든! 오, 빌헬름! 저 폭풍우로 구름을 걷어내고 저 물살을 움켜쥘 수만 있다면 나는 내 목숨을 기꺼이 바치고 싶었어! 감옥에 갇혀 있는 자에게도 언젠가는 그런 환희를 맛볼 기회가 주어지지 않을까?

저 멀리 버드나무 아래에 로테와 내가 즐겨 찾던 장소가 보였는데 기분이 얼마나 서글프던지! 우리가 종종 산책을 하다 더위를 식히기 위해 앉아서 쉬던 곳인데, 그곳 역시 완전히 물에 잠기는 바람에 버드나무의 흔적조차 찾아보기 힘들었어! 빌헬름! 문득 로테의 집이 있는 초원과 수렵용 별장 근처의 상황이 궁금했어. 지금쯤 우리의 정자도 거센 물살에 휩쓸려 갔을 거라는 생각이 들었지! 감옥에 갇혀 있는 죄수가 가축 떼와 목장, 명예로운 직위를 얻는 꿈을 꾸는 것처럼 과거의 햇살이 내 마음속을 환하게 비췄어. 나는 그 자리에 계속 서 있었어! 그런 나 자신을 비난하지도 않았어. 죽을 수 있는 용기는 언제든 낼 수 있으니까. 그건 정말이야. 그래서 나는 늙은 노파처럼 그냥 여기 앉아 있어. 더 이상 아무런 인생의 낙도 기대할 수 없는 비루한 삶이지만 목숨을 조금이라도 연장하고 싶어 울타리 밑에서 땔감을 주워 모으며 문전걸식하는 노파 말이야.

12월 14일

사랑하는 친구, 이게 대체 무슨 일일까? 나도 이런 나 자신이 무서워졌어! 로테를 향한 내 사랑은 더없이 성스럽고 순수한, 남매의 정 같은 사랑이 아니었나? 내가 마음속으로나마 단 한 번이라도 벌 받아 마땅한 욕망을 품은 적이 있었나? 그런 적이 없다고 맹세까지 할 생각은 없네. 하지만 이 꿈들은 대체 뭐란 말인가! 상호모순적인 작용의 원인을 미지의 힘에서 찾던 사람들은 진실을 제대로 파악한 거였어! 지난밤 일이라네! 그 이야기를 꺼내려니 떨리는군! 지난밤 꿈에 나는 두 팔로 로테를 얼싸안고서 사랑을 속삭이는 그의 입술에 계속 입을 맞췄어. 내 눈길은 사랑에 취한 그의 눈동자에 붙박여 있었어! 하느님! 간절한 바람으로 그때의 뜨거운 환희를 되살려 지금도 행복을 느낀다면 벌 받아 마땅할까요? 로테! 로테! 나는 이제 모든 게 끝장이야! 감각이 온통 혼란스러워. 벌써 일주일째 정신이 혼미하고 눈에서는 눈물이 마를 새가 없어. 그 어디에 있어도 행복하지 않은데, 또 어디에서나 행복을 느껴. 이제는 더 이상 바라는 것도 없고 원하는 것도 없어. 아무래도 여길 떠나는 것이 더 나은 선택이 될 것 같아.

　이 무렵 세상을 하직하려는 베르테르의 결심은 상황이 주는 압박감 속에서 더더욱 확고해졌습니다. 로테한테로 돌아온 이후 그 생각은 늘 베르테르의 마지막 희망이자 보루였습니다. 하지만 지나치게 서두르지 말자고, 또 성급하게 행동하지도 말자고 스스로를 다독였습니다. 최대한 확신이 생겼을 때 차분하고 단호하게 결심을 실행에 옮길 작정이었습니다.

　그가 느낀 회의와 갈등이 어느 정도였는지는 날짜도 안 적힌 채 베르테르의 서류들 사이에서 발견된 쪽지에 고스란히 담겨 있습니다. 아마도 빌헬름에게 보내는 편지의 서두인 듯합니다.

　로테의 현재, 로테의 운명, 그리고 내 운명에 대한 로테의 관심이 안 그래도 다 말라버린 내 가슴속 눈물을 마지막 한 방울까지 짜내고 있어. 장막을 걷고 그 안으로 발을 내디디면 되는 거야! 그럼 모든 게 끝나! 대체 무엇 때문에 이렇게 망설이고 주저하는 거지? 장막 뒤에 무엇이 기다리고 있을지 모르기 때문인가? 혹시 영영 되돌아올 수 없기 때문인가? 그건 아마도 우리가 미지의 그곳에는 혼란과 암흑만 존재할 거라 예단하고 있기 때문일 거야.

베르테르는 갈수록 슬픈 생각에 더 깊이 빠져들었습니다. 그리고 결심은 더욱 단단해져 돌이킬 수 없는 지경에 이르렀습니다. 그 사실은 친구에게 보낸 이중적 의미의 이 편지에서 잘 확인할 수 있습니다.

12월 20일

빌헬름, 내 말을 그렇게 받아들여주는 너의 우정이 고마울 따름이야. 여길 떠나는 게 더 나을 거라는 네 말이 옳아. 하지만 지금 당장 너희들이 있는 곳으로 돌아오라는 제안은 선뜻 받아들이기 힘들어. 적어도 내가 원하는 것은 좀 멀더라도 돌아가는 거야. 아직 추위가 계속되고 있으니 도로 사정이 좀 더 나은 곳으로. 나를 데리러 와주겠다는 제안은 더없이 고맙지만 2주 정도만 미뤄줬으면 해. 향후 일정은 편지로 알려주도록 할게. 열매를 따려면 무르익을 때까지 기다려야 하는 법이지. 2주를 더 있느냐 아니냐는 차이가 커. 어머니한테는 아들을 위해 기도해달라고 말씀 좀 전해줘. 그동안 여러 가지로 못난 모습을 보여드려 죄송하다는 말씀도 꼭 전해주고. 기쁨을 안겨줬어야 할 사람들에게 슬픔을 안겨주는 것이 내 운명이었던 것 같아. 소중한 친구여, 잘 지내! 하늘의 축복이 늘 함께하기를 빌게. 잘 있어!

그 무렵 로테의 마음속에 어떤 생각들이 오갔는지, 또 남편과 자신의 불행한 친구에 대해 어떤 심정이었는지는 말로 표현하기 어렵습니다. 다만 우리는 로테의 고운 성품에 비추어 미루어 짐작해볼 따름입니다. 마음씨 착한 여자라면 로테의 상황을 충분히 헤아리고 그에게 감정을 이입할 수도 있을 것입니다.

한 가지 확실한 것은, 로테는 이제 베르테르와 거리를 두기로 단단히 결심했다는 사실입니다. 그동안 로테가 망설인 이유는 친구를 보호하려는 진심 어린 우정 때문이었습니다. 로테는 자신이 거리를 두게 되면 베르테르가 얼마나 힘들어할지 잘 알고 있었습니다. 힘들어하는 것을 넘어 그에게는 거의 불가능한 일이었습니다. 하지만 당시 로테는 그 문제를 진지하게 고려하지 않을 수 없었습니다. 그 문제에 관해 로테가 계속 침묵을 지키자 남편 또한 그 상황에 대해 일절 언급하지 않았습니다. 그럴수록 로테는 남편에 대한 자신의 마음을 행동으로 입증하겠다고 마음먹었습니다.

베르테르가 앞쪽에 마지막으로 삽입된 편지를 친구에게 쓴 날은 크리스마스를 앞둔 일요일로, 그날 저녁 베르테르는 로테를 찾아갔습니다. 그는 마침 혼자서 어린 동생들의 크리스마스 선물로 준비한 장난감들을 정리하고 있었습니다. 베르테르는 아이들이 몹시 기뻐하겠다고 말한 뒤 자신의 어린 시절 이야기를 꺼냈습니다. 갑자기 문이 열리고 촛불과 사탕과 사과 등으로 장식된 근사한 크리스마스트리가 눈앞에 나타나면서 여기가 천국인가 싶게 황홀했던 시절 말입니다. "당신도 선물을 받게 될 거예요." 로테가 다정한 미소 속에 애써 당혹감을 감추며 입을 열었습니다. "처신만 잘하면 말이에요. 양초하고 다른 것도요." "처신을 잘한다는 게 무슨 뜻이죠?" 베르테르가 큰 소리로 물었습니다. "어떻게 해야 처신을 잘하는 건가요, 로테?" "목요일 저녁이 크리스마스이브예요." 로테가 말했습니다. "그날 저녁에 동생들하고 아버지가 우리 집에 올 거예요. 그때 모두가 선물을 받게 될 테니 당신도 오세요. 하지만 그 전에는 오면 안 돼요." 순간 베르테르는 멈칫했습니다. "이렇게 부탁할게요." 로테가 다시 말을 이었습니다. "일단 그렇게 해주세요. 내 마음의 평온을 위해서 부탁하는 거예요. 계속 이런 식으로 지낼 수는 없어요." 베르테르는 로테를 외면한 채 방 안을 서성거리면서 혼잣말로 이렇게 중얼거렸습니다. "계속 이런 식으로 지낼 수는 없어요!" 자신의 말이 베르테르를 끔찍한 절망으로 몰아간 것을 알아차린 로테는 이것저것 물어보면서 그의 관심을 다른 데로 돌리려 애썼으나 아무 소용이 없었습니다. "알겠습니다, 로테." 베르테르가 외쳤습니다. "다시는 당신을 만나러 오지 않을게요!" "그게 무슨 말이죠?" 로테가 물었습니다. "베르테르, 당신은 우리를 다시 만날 수 있고, 또 만나야 해요. 단지 조금만 자제해달라는 거예요. 오, 어째서 당신은 한번 시작한 일은 반드시 끝장을 보고야 마는 격정적인 성격을 타고났을까요! 제발 부탁이에요." 로테가 베르테르의 손을 부여잡으며 다시 말을 이었습니다. "조금만 자제하면 돼요. 당신의 정신과 학문, 그리고 재능이 다양한 즐거움을 가져다줄 거예요! 그러니 부디 당신을 안타깝게 여길 뿐 다른 아무것도 해줄 수 없는 나 같은 여자에 대한 슬픈 집착을 버리고 남자답게 처신하세요." 베르테르가 이를 악물고 침울한 표정으로 쳐다보자 로테는 그의 손을 붙잡았습니다. "잠시만 마음을 가라앉히고 생각해보세요, 베르테르!" 로테가 말했습니다. "당신은 지금 스스로를 기만하고 일부러 파멸의 길로 치닫고 있어요. 왜 그걸 못 느끼는 건가요? 왜 하필이면 나를, 베르테르? 왜 하필이면 이미 다른 사람의 여자가 된 나를? 대체 왜? 두려워요. 나를 가질 수 없다는 사실이 당신의 마음을 더욱 부추기는 게 아닐까 싶어서 정말 두려워요." 베르테르는 심기가 상했는지 굳은 표정으로 로테를 쳐다보며 그의 손을 뿌리쳤습니다. "대단해요!" 그가 큰 소리로 외쳤습니다. "정말 대단해요! 지금 한 당부는 혹시 알베르트의 머리에서 나온 건가요? 교활해요! 정말 교활해요!" "이런 말은 누구나 할 수 있어요." 로테가 반박했습니다. "설마 이 넓은 세상에 당신 마음에 드는 여자가 한 명도 없겠어요? 장담하는데, 마음을 단단히 먹고 찾아보면 분명 그런 여자를 만날 거예요. 사실 오래전부터 당신 자신이 스스로를 너무 가두고 몰아붙이는 것 같아 불안했어요. 그건 당신을 위해서도, 또 우리를 위해서도 안타까운 일이 아닐 수 없어요. 기분 전환을 위해 차라리 여행이라도 다녀오는 게 어떨까요? 당신한테 지금 필요한 건 당신의 사랑을 받을 자격이 충분한 그런 사람을 찾는 거예요. 그런 사람을 찾으면 다시 돌아와서 우리와 같이 진정한 우정의 기쁨을 나누도록 해요." "그런 말은 종이에 인쇄해서 가정교사들한테 일독을 권해야겠군요." 베르테르가 싸늘한 웃음을 지으며 말했습니다. "사랑하는 로테! 잠시만 나를 이대로 내버려두세요. 그럼 모든 게 다 괜찮아질 겁니다!" "그렇게 할게요, 베르테르. 다만 한 가지, 크리스마스이브 전까지는 우리 집에 찾아오면 안 돼요!" 베르테르가 막 대답하려던 찰나에 알베르트가 방으로 들어왔습니다. 그들은 냉랭하게 인사를 주고받은 다음 어색한 표정으로 나란히 방 안을 서성거렸습니다. 베르테르는 별 의미 없는 이야기를 꺼냈다가 금세 중단했습니다. 알베르트도 마찬가지였습니다. 알베르트가 아내에게 부탁한 일은 어떻게 됐느냐고 묻자 아직 끝내지 못했다는 대답이 돌아왔습니다. 그러자 알베르트가 아내에게 몇 마디 툭 던졌는데, 베르테르의 귀에는 그 말투가 몹시 싸늘하게 들렸습니다. 아니, 거의 가혹하게 느껴졌습니다. 그는 집으로 돌아가고 싶었으나 그러지 못하고 미적거리는 사이에 저녁 8시가 되었습니다. 그사이에 그의 불만과 불쾌감은 더욱 커졌습니다. 결국 저녁 식탁이 차려질 때쯤 베르테르는 모자와 지팡이를 집어 들었습니다. 알베르트가 좀 더 있기를 권했으나 그저 인사치레라 생각해 냉랭하게 고맙다는 말만 하고 그는 그곳을 떠났습니다.

베르테르는 집으로 돌아왔습니다. 그는 불을 비춰주려던 하인의 손에서 등불을 빼앗아 혼자 방으로 돌아갔습니다. 방에 들어간 베르테르는 금세 울음을 터뜨렸습니다. 또 격분한 목소리로 혼잣말을 중얼거리는가 하면 쿵쾅거리며 방 안을 서성거리기도 했습니다. 그러고는 외출복 차림 그대로 침대에 쓰러졌습니다. 11시쯤 하인이 방에 들어가 장화를 벗겨야 할지 물었을 때에도 그는 여전히 그 상태로 누워 있었습니다. 베르테르는 하인에게 장화를 벗기라 한 후 내일 아침에는 자신이 부를 때까지 절대 방에 들어오지 말라고 지시했습니다.

　12월 21일 월요일, 베르테르는 아침 일찍 로테에게 편지를 썼습니다. 베르테르가 죽은 뒤 그의 책상 위에서 봉인된 상태로 발견된 이 편지는 그대로 로테에게 전달되었습니다. 여러 정황으로 미뤄 볼 때 베르테르는 이 편지를 몇 번에 걸쳐 나눠 쓴 듯합니다. 그러니 여기서도 몇 번에 나누어 소개하겠습니다.

　드디어 결정했어요, 로테. 나는 죽을 겁니다. 오늘 아침 당신을 마지막으로 보게 되겠네요. 그래서 이렇게 아무런 미사여구 없이 차분하게 편지를 쓰고 있습니다. 사랑하는 로테, 당신이 이 편지를 읽을 때쯤이면 불안하고 불행한 삶을 살았던 한 남자의 굳어버린 시신은 차가운 무덤 속에 누워 있을 겁니다. 인생의 마지막 순간까지 그는 당신과 나누는 대화 말고는 아무 즐거움도 알지 못했습니다. 어젯밤은 정말 끔찍했습니다. 그러나 한편으로는 고마운 밤이었습니다. 내 결심을 확고하게 굳히는 계기가 됐으니까요. 어제는 격해진 감정을 추스르지 못한 채 당신을 뿌리치고 나왔습니다. 온갖 상념이 마음을 짓누르더군요. 당신 곁에서 아무런 희망도 기쁨도 없이 살아가고 있는 내 인생을 생각하니 갑자기 온몸에 차가운 전율이 흘렀습니다. 나는 방에 들어오자마자 정신 나간 사람처럼 무릎을 꿇고 엎드렸습니다. 오, 하느님! 당신은 제게 최후의 위안거리로 처절한 눈물을 마련해주셨군요! 머릿속에서 오만 가지 생각들이 뒤엉켜 다툼을 벌였지만 결국 마지막까지 살아남은 생각은 그냥 죽어야겠다는 것이었습니다. 그 생각을 확고히 굳힌 채 잠이 들었고, 아침에 평온하게 눈을 떴을 때에도 그 결심은 여전히 확고했습니다. 죽고 싶다! 이것은 절망이 아니라 확신입니다. 나는 모든 것을 견뎌왔고, 이제 당신을 위해 나를 희생하겠다는 확신. 맞아요, 로테! 이제 와서 그걸 숨길 이유가 있을까요? 우리 셋 중 한 사람은 물러나야 하는데, 내가 그 한 사람이 되겠다는 겁니다! 오, 세상에서 가장 소중한 나의 사람! 갈가리 찢긴 내 가슴속에서 어떤 생각 하나가 미친 듯이 날뛰고 있습니다. 당신 남편을, 당신을, 나를 죽이고 싶다는 생각입니다! 그러니 내가 죽을 수밖에요! 어느 아름다운 여름날 저녁 산에 올라가거든 그 골짜기를 즐겨 찾았던 나를 기억해주십시오. 무성하게 자란 풀들이 석양빛을 받으며 바람에 이리저리 흔들리거든 저 건너편 교회 묘지에 있는 내 무덤도 한번 쳐다봐주십시오. 이 편지를 쓰기 시작할 때만 해도 마음이 평온했는데 지금은 어린아이처럼 울고 있습니다. 지나간 일들이 하나도 빠짐없이 너무도 생생하게 눈앞에 떠오르기 때문입니다.

베르테르는 10시쯤 하인을 불렀습니다. 그리고 옷을 입으면서 며칠 후에 여행을 떠날 예정이니 옷을 잘 손질해놓고 여행 짐을 꾸릴 채비를 단단히 해놓으라고 일렀습니다. 또 아직 청산하지 못한 청구서들은 다 가져오고, 빌려준 책들은 회수해오고, 매주 약간의 돈을 후원하는 가난한 사람들한테는 두 달분을 미리 보내라고 지시했습니다.

베르테르는 식사를 방으로 가져오라고 해서 먹은 다음 말을 타고 행정관을 찾아갔으나 마침 그는 외출 중이었습니다. 그는 마지막으로 슬픈 추억들을 하나씩 되짚어보려는 것처럼 깊은 생각에 잠겨 정원을 이리저리 서성거렸습니다.

하지만 아이들이 그를 가만히 내버려두지 않았습니다. 베르테르의 뒤를 쫓아다니고, 껑충 뛰어 그의 몸에 매달리기도 했습니다. 아이들은 하루, 이틀, 사흘만 지나면 로테의 집에 크리스마스 선물을 받으러 갈 거라면서 어떤 놀라운 선물을 받게 될지 작은 머리로 온갖 상상의 날개를 펼쳤습니다. "하루!" 베르테르가 외쳤습니다. "이틀! 사흘만 지나면 돼!" 그런 다음 그는 아이들을 하나씩 붙잡고 진심을 담아 입을 맞춘 후 자리를 뜨려고 했습니다. 그때 한 아이가 그에게 몰래 귓속말로 형들이 멋진 연하장을 크게 써놓았다고 속삭였습니다. 하나는 아빠한테, 하나는 알베르트와 로테한테, 그리고 나머지 하나는 베르테르한테 썼으며 그걸 새해 아침에 전해줄 예정이라고 했습니다. 그 말에 울컥 감정이 북받친 베르테르는 아이들에게 용돈을 조금씩 나눠 준 뒤 말에 올라탔습니다. 그리고 행정관에게 안부를 전해달라는 말을 남기고 눈물을 글썽이며 그곳을 떠났습니다.

베르테르는 5시쯤 집으로 돌아왔습니다. 하인에게 한밤중까지 불이 꺼지지 않도록 난롯불을 잘 살피라 일렀습니다. 하인에게는 책과 속옷은 잘 묶어 트렁크 아래쪽에 넣어두고, 옷가지는 보따리에 싸서 묶어놓으라고 지시했습니다. 그러고 난 뒤 그는 로테에게 보내는 마지막 편지에 아래와 같은 구절을 덧붙인 것으로 보입니다.

나를 기다리고 있는 건 아니겠죠! 내가 크리스마스이브 때 찾아오라는 당신의 말을 잘 지킬 거라 믿고 있을 테니까요. 하지만 로테! 오늘이 아니면 우리는 영영 만날 수 없어요. 크리스마스이브에 당신은 아마 이 편지를 손에 쥔 채 부들부들 떨면서 당신의 사랑스러운 눈물로 이 편지를 적실 겁니다. 나는 죽고 싶고, 또 죽어야만 합니다! 이렇게 확고히 결심하고 나니 얼마나 편안한지 모르겠습니다.

그사이에 로테는 심경이 아주 복잡했습니다. 베르테르와 마지막으로 대화를 나눈 이후 그와 헤어지는 것이 얼마나 어려운 일인지 깨달았기 때문입니다. 베르테르 또한 로테와 헤어지게 된다면 몹시 고통스러워할 게 분명했습니다.

알베르트한테는 이미 베르테르가 크리스마스이브 이전에는 찾아오지 않을 거라고 넌지시 말해둔 상태였습니다. 알베르트는 업무차 이웃 마을에 사는 어느 관리를 만나러 갔다가 거기서 하룻밤 묵고 올 예정이었습니다.

그래서 로테는 집에 혼자 있었습니다. 마침 동생들도 곁에 없어 그는 조용히 자신의 상황을 돌아보면서 이런저런 상념에 잠겼습니다. 그는 자신이 남편과 영원히 하나로 맺어졌다고 생각했습니다. 자신에 대한 남편의 사랑과 신의를 잘 알고 있었기 때문에 그 역시 진심으로 남편을 사랑했습니다. 침착하고 믿음직한 성품의 남편과 현명한 아내가 힘을 모아 인생의 행복을 일구는 것이 하늘이 정해준 자신의 운명이라고 생각했습니다. 남편은 자신과 아이들에게 영원한 존재가 될 거라고 느꼈습니다. 그러나 한편으로 베르테르 역시 로테에게는 매우 소중한 존재가 되었습니다. 처음 만나던 순간부터 두 사람은 마음이 아주 잘 통했으며, 오래 만나는 동안 함께 겪은 수많은 일들이 로테의 가슴에 지워지지 않는 추억으로 각인되었습니다. 자신이 흥미롭다고 느끼거나 생각한 것을 늘 베르테르와 공유하는 것에 익숙해졌기 때문에 그와 헤어지게 되면 로테의 삶에 다시는 메울 수 없는 균열이 생길 것 같았습니다. 아, 베르테르가 나의 오빠가 될 수 있다면 얼마나 행복할까? 그를 내 친구 중 하나와 결혼시킬 수만 있다면! 그럼 알베르트와 그의 관계도 다시 예전처럼 좋아질 수 있을 텐데!

로테는 친구들의 얼굴을 하나씩 떠올리며 곰곰이 생각해보았습니다. 하지만 하나같이 뭔가 부족하다는 생각이 들 뿐, 베르테르한테 어울릴 만한 짝은 없다 싶었습니다.

생각에 생각을 거듭하는 과정에서 로테는 명확하지는 않지만 어렴풋하게나마 처음으로 제 진심을 깨달았습니다. 자신이 베르테르를 곁에 두고 싶어 한다는 사실 말입니다. 그러나 혼잣말로 자신은 그를 곁에 둘 수 없으며, 곁에 두어서도 안 된다고 중얼거렸습니다. 평소 곱고 순수한 마음으로 매사 적극적이고 활달하게 행동하던 로테는 이제 다시는 행복해질 수 없을 것 같은 울적한 감정에 사로잡혔습니다. 가슴이 답답하게 죄어오고 어두운 먹구름이 시야를 가로막았습니다.

6시 반쯤에 계단을 올라오는 발걸음 소리가 들렸습니다. 발소리와 자신을 찾는 목소리의 주인공이 누군지 금세 알아차린 순간 로테의 심장이 빠르게 뛰기 시작했습니다. 그의 방문에 가슴이 이토록 두근거린 것은 그때가 처음이었습니다. 집에 없는 척이라도 해야 하나 싶을 정도로 그와의 만남을 피하고 싶었습니다. 베르데르가 방으로 들어서는 것을 보자 로테는 당혹감을 감추지 못하고 크게 소리쳤습니다. "약속을 안 지키셨네요." "나는 그 어떤 약속도 한 적이 없습니다." 베르테르가 대답했습니다. "그렇더라도 최소한 내 부탁은 들어줬어야죠." 로테가 반박했습니다. "우리 두 사람의 평온을 위해 한 부탁이었어요."

베르테르와 둘만 있는 자리를 피하기 위해 허둥지둥 친구 몇 명을 데려오라고 하인을 보냈을 때에도 로테는 자신이 무슨 말을 하고 있는지, 또 무슨 일을 하고 있는지 정확히 알지 못했습니다. 베르테르는 집에서 가져온 책들을 내려놓고 다른 사람들의 안부를 물었습니다. 로테는 한편으로는 친구들이 빨리 오기를 바랐고, 다른 한편으로는 그들이 오지 않기를 바랐습니다. 돌아온 하인이 두 친구 모두 사정이 있어 올 수 없다는 소식을 전했습니다.

로테는 하인에게 일거리를 갖고 옆방에 가서 일하라고 말하려다 이내 생각을 바꿨습니다. 베르테르가 방 안을 서성거리자 로테는 피아노 앞으로 다가가 앉더니 미뉴에트를 연주하기 시작했습니다. 왠지 연주가 매끄럽지 않았습니다. 로테는 애써 마음을 진정한 후 태연하게, 늘 앉던 소파에 앉아 있는 베르테르 옆으로 다가가 앉았습니다.

"뭐 읽을 만한 책 없어요?" 로테가 물었습니다. 그는 아무엇도 갖고 있지 않았습니다. "저기 서랍 안에 당신이 번역한 오시안의 시 몇 편이 들어 있어요." 로테가 말했습니다. "당신이 직접 낭송하는 것을 듣고 싶어서 나도 아직 안 읽고 미뤄뒀어요. 어쩌다 보니 아직 그럴 기회가 없었네요. 기회를 만들 생각도 못 했고요." 베르테르는 미소를 지으며 서랍에서 원고를 꺼냈습니다. 원고를 집어 드는 순간 온몸에 전율이 흐르면서 눈물이 핑 돌았습니다. 그는 자리에 앉아 오시안의 시를 읽기 시작했습니다.

어스름한 밤하늘의 별이여, 서녘 하늘에서 아름답게도 반짝거리네. 구름 사이로 빛나는 고개를 내밀고 당당하게 언덕을 거니는구나. 그대는 황야를 굽어보며 대체 무엇을 찾고 있나? 사나운 폭풍우는 가라앉았고 멀리서 급류가 쏴쏴 흘러가는 소리가 들리네. 물결이 넘실거리며 바위에 부딪쳤다 멀어지네. 파리 떼가 윙윙거리며 들판 위를 날아가네. 아름다운 별빛이여, 대체 그대는 어디를 보고 있나? 미소를 지으며 나아가려 하는 그대를 물결이 반갑게 에워싸며 그 사랑스러운 머리카락을 감겨주네. 잘 있게, 고요한 별빛이여. 오시안의 영혼이 깃든 찬란한 빛이여, 그대 모습을 드러내어라!

드디어 그 찬란한 빛이 강렬하게 비치는구나. 헤어진 친구들의 모습이 눈앞에 보이네. 그들이 예전처럼 다시 로라로 모여든다네. 핑갈은 휘하의 용사들에 둘러싸인 채 젖은 안개 기둥처럼 등장하는구나. 자, 보라! 노래하는 음유시인을. 백발의 울린! 위풍당당한 리노! 사랑스러운 가인 알핀! 그리고 그대, 구슬프게 탄식하는 미노나! 나의 친구들이여, 언덕에서 불어오는 봄바람이 나직이 속삭이는 풀잎들을 눕히는 것처럼 우리는 셀마 축제에서 최고의 명예를 얻기 위해 노래로 경연을 벌였지. 그날 이후로 그대들이 얼마나 변했는지 아는가.

그날 미노나는 눈물이 그렁그렁한 눈을 내리뜨고 아름다운 자태를 드러내며 걸어 나왔네. 느닷없이 언덕에서 불어온 바람에 미노나의 머리카락이 마구 흩날렸지. 그가 달콤한 목소리로 노래를 시작하자 용사들의 마음이 침울하게 가라앉았네. 그들은 살가르의 무덤도 자주 보았고, 창백한 콜마의 불 꺼진 집도 자주 보았기 때문이라네. 청아한 목소리의 주인공 콜마 혼자 언덕에 남겨졌네. 돌아오겠노라 약속했던 살가르는 소식도 없고 어느새 주위에는 어둠이 짙게 깔렸네. 자, 저기 언덕에 홀로 앉아 있는 콜마의 노랫소리를 들어보라.

콜마

어느새 밤이 되었구나! 폭풍이 몰아치는 언덕에 나 홀로 남겨져 있네. 산에서는 바람이 세차게 불어오고 강물은 바위에 철썩철썩 부딪치며 흘러가네. 폭풍우 몰아치는 언덕에 홀로 남겨진 내게는 비를 막아줄 오두막조차 없다네. 오, 달이여. 구름을 뚫고 나타나거라! 모습을 드러내거라, 밤하늘의 별들이여! 그래서 한 줄기 빛으로라도 부디 사랑하는 내 님이 사냥에 지쳐 쉬고 있는 곳으로 나를 인도해다오. 그의 옆에 활시위는 느슨하게 풀려 있고 사냥개들은 숨을 헐떡이며 그의 주위를 맴돌고 있겠지! 하지만 나는 수풀이 우거진 강가 바위 위에 이렇게 홀로 앉아 있다네. 시끄러운 강물과 폭풍우 소리 때문에 내 님의 목소리가 들리지 않네.

내 님 살가르는 왜 머뭇거리고 있을까? 내게 한 약속을 잊은 걸까? 저기 보이는 바위와 나무도 그대로이고, 여기 우당탕탕 흘러가는 강물도 그대로인데! 어둠이 내리면 반드시 돌아오겠다고 약속하지 않았던가! 아아, 내 님 살가르는 지금 어디를 헤매고 있는 걸까? 나는 자랑스러운 아버지와 오라버니까지 버리고 그대와 함께 도망치려 했거늘! 비록 두 가문은 오랫동안 원수지간이었지만 우리 두 사람은 결코 적이 아닌데. 오, 살가르!

오, 바람이여, 잠시만 침묵해다오! 오, 강물이여, 잠시만 멈추어다오! 내 목소리가 골짜기를 지나 방랑하는 내 님의 귀에 들리도록. 살가르! 나 지금 애타게 그대를 부르고 있어요! 나무와 바위가 있는 이곳에서! 살가르! 사랑하는 님이여! 나 여기 있어요. 대체 무엇을 망설이느라 그대는 아직도 오지 않는 건가요?

보라, 달빛이 비치자 골짜기를 흐르는 강물이 반짝거리네. 언덕 위에는 잿빛 바위들이 우뚝 솟아 있지만 사랑하는 내 님의 모습은 저 높은 곳에서도 보이지 않네. 내 님보다 먼저 달려와 그의 도착 소식을 알려주는 개들조차 없으니 나홀로 이곳에 앉아 있을 수밖에.

저 아래 황야에 누워 있는 자들은 대체 누구인가? 사랑하는 나의 연인인가? 나의 오라버니인가? 말해보라, 친구들이여! 아무도 대답을 안 해주는구나. 그런데 내 마음이 왜 이리 불안하지? 아, 그들은 이미 죽은 자들인 것을! 그들의 칼은 결투의 흔적으로 붉게 물들어 있네! 오, 오라버니. 나의 오라버니여, 어째서 내 연인 살가르를 죽인 건가요? 오, 나의 연인 살가르여. 그대는 어째서 내 오라버니를 죽인 건가요? 두 사람 모두 내게 소중한 사람들이건만! 그대는 언덕 위의 수많은 용사들 가운데에서도 가장 용맹한 인물이었는데! 전투가 그토록 치열했단 말인가. 어디 한번 대답해봐요! 내 목소리 좀 들어봐요, 사랑하는 사람들아! 하지만 아무도 대답하지 않네. 영원히! 그들의 가슴은 흙처럼 차갑구나!

오, 죽은 자들의 혼령이여. 언덕 위 바위에서, 폭풍우 몰아치는 산꼭대기에서 제발 말을 해다오! 말해다오! 나는 전혀 두렵지 않노라! 휴식을 취하러 그대들이 간 곳은 어디인가? 산속 어느 묘 터에 가야 그대들을 찾을 수 있나요? 아무리 귀를 기울여도 바람결에 목소리 하나 실려 오지 않고, 언덕에 휘몰아치는 폭풍에도 아무런 대답이 실려 있지 않구나. 비탄에 젖은 나는 눈물을 흘리며 아침이 오기만을 기다리네. 죽은 이들의 친구들이여, 제발 무덤을 파헤쳐다오. 그리고 내가 찾아갈 때까지 그 흙을 덮지 말아다오. 내 목숨도 꿈처럼 덧없이 사라지리니 내 어찌 살아남아 있을까! 나는 강물이 바위를 스치며 흘러가는 이곳 강변에서 내 벗들과 함께 머물리라. 언덕에 밤이 찾아오고 황야에 바람이 불어오면 내 영혼은 바람을 맞으며 벗들의 죽음을 애도하리라. 혹시 정자에서 사냥꾼이 내 목소리를 듣는다면 두려움에 떨면서도 그 목소리를 사랑하게 되리라. 너무나 소중했던 벗들을 애도하는 목소리가 어찌 달콤하지 않겠는가.

오, 살포시 얼굴을 붉히는 토르만의 딸 미노나여. 이건 그대의 노래였지. 우린 콜마를 애도하며 눈물을 흘렸고, 그럴수록 우리의 마음도 울적해졌지.

울린이 하프를 들고 등장해 우리에게 알핀의 노래를 들려주었네. 알핀의 목소리는 다정했고 리노의 마음은 섬광처럼 번쩍였네. 하지만 두 사람은 이미 좁은 안식처에 잠들어 있고, 그들의 목소리는 셀마에서 사라져버렸네. 언젠가 용사들이 아직 살아 있을 때 사냥에서 돌아온 울린은 언덕 위에서 용사들이 벌이는 노래를 들었네. 그들의 노래는 잔잔하면서도 구슬펐네. 용사 중의 용사 모라르의 죽음을 애도하는 노래였지. 그의 영혼은 핑갈의 영혼을 닮았고, 그의 칼은 오스카르의 칼에 버금갔네. 그러나 모라르는 쓰러졌지. 그의 아버지는 통곡했고 그의 누이의 눈에는 눈물이 가득했네. 기백이 넘치는 모라르의 누이 미노나의 눈에서 눈물이 흘러넘쳤네. 미노나는 폭풍우를 예견한 서편의 달이 구름 속에 얼굴을 숨기듯 울린의 노래가 시작되기 전 자리에서 물러섰네. 나는 울린과 함께 그 비통한 노래에 맞춰 하프를 연주하였네.

리노

비바람이 그치고 날이 개더니 한낮에는 구름마저 흩어지네. 한자리에 머물지 않는 태양은 언덕을 비추며 빠르게 지나가고, 계곡물은 불그스름하게 골짜기를 물들이며 흘러가네. 계곡물이여, 졸졸 흐르는 네 목소리도 감미롭지만 지금 내 귓가에 울리는 목소리가 더욱 감미롭구나. 죽은 자를 애도하는 알핀의 목소리 말이다. 나이를 못 이긴 그의 머리는 수그러지고 눈물 젖은 눈은 붉게 충혈되었네. 뛰어난 노래꾼 알핀이여, 어찌하여 그대는 침묵하는 언덕에 홀로 있는가? 어찌하여 그대는 숲에 불어온 돌풍처럼, 머나먼 해변에 밀어닥친 파도처럼 구슬피 울고 있는가?

알핀

리노여, 나의 눈물은 죽은 이들을 위한 것이고, 나의 목소리는 무덤 속에 잠들어 있는 이들을 위한 것이라네. 언덕 위 황야의 아들들 사이에 서 있는 그대 모습은 참으로 훤칠하고 아름답구나. 하지만 그대 또한 모라르처럼 쓰러질 테고, 그대의 무덤가에도 죽음을 애통해하는 자가 찾아오리라. 언덕은 그대를 잊을 테고, 활시위에 걸리지 않은 그대의 화살은 바닥에서 아무렇게나 나뒹굴리라.

오, 모라르여. 그대는 언덕을 누비는 노루처럼 날쌔고, 밤하늘에 치솟아 오르는 불길처럼 무시무시했네. 그대의 분노는 폭풍우 같았고, 전쟁터에서 휘두르는 그대의 칼은 황야에 내리치는 번개 같았네. 그대의 목소리는 비가 그친 뒤 숲속을 흐르는 개울물 소리 같았고, 머나먼 언덕들을 두려움에 떨게 하는 천둥소리 같았네. 그대가 휘두르는 팔에 수많은 사람이 쓰러졌고, 그대 마음속에서 타오른 분노의 불길이 그들을 삼켜버렸지. 그러나 전쟁터에서 돌아온 그대의 표정은 평화롭기 그지없었네! 그대의 얼굴은 폭풍우가 그친 뒤의 태양 같고 고요한 밤하늘의 달빛 같았네. 또 그대의 가슴은 세찬 바람이 잦아든 호수처럼 잔잔했다네.

그런데 지금 그대의 안식처는 어떠한가. 비좁고 어둡기 그지없네! 과거 비할 데 없이 용맹한 영웅이었건만 지금 그대의 묘 터는 고작 세 걸음에 불과하고 위쪽에 이끼가 잔뜩 덮인 네 개의 묘석만이 그대를 기리고 있네! 이것이 용맹한 모라르의 무덤임을 암시하는 것은 앙상한 나무 한 그루와 바람에 흔들리는 웃자란 풀들뿐이네. 그대의 죽음을 원통해할 어머니도 없고, 그대를 위해 사랑의 눈물을 흘려줄 연인도 없다네. 그대를 낳아주신 어머니는 이미 세상을 떠났고, 모르글란의 딸도 이미 목숨을 잃었으니 말일세.

저기 지팡이에 몸을 의지하고 있는 이는 누구인가? 나이 들어 머리는 허옇게 세었고, 눈은 벌겋게 짓무른 저 노인은 누구란 말인가? 오, 모라르, 그대의 아버지로군. 아들이라고는 그대 하나뿐인 아버지. 저분은 전쟁터에서 용맹을 떨친 그대의 활약상에 대해서도 들었고, 정신없이 줄행랑을 친 적들의 이야기도 들었네. 모라르의 드높은 명성에 대해 들었으나, 아, 애석하게도 아들의 부상 소식은 아직 듣지 못하였네.

통곡하라, 모라르의 아버지여! 통곡하라! 허나 그대의 아들은 그 통곡 소리를 듣지 못하네. 죽은 이의 잠은 깊디깊고, 먼지로 된 베개는 높이가 너무 낮다네. 그대의 아들은 절대 그대의 목소리에 귀 기울이지 않으리니, 그대가 아무리 소리쳐 불러도 절대 잠에서 깨어나지 않으리라. 오, 아침은 언제 무덤가에 찾아와 잠들어 있는 이들을 깨울 것인가!

편히 쉬어라, 세상에서 가장 고귀한 자여, 전쟁터의 정복자여! 허나 전쟁터에서는 그대를 다시 보지 못하리라. 그대가 휘두르는 칼날의 번쩍거림도 다시는 숲의 어둠을 밝히지 못하리라. 비록 그대가 후손을 남기지 못하였으나 이 노래가 그대의 이름을 간직하고 있으니 후세는 장렬하게 죽은 모라르의 이야기를 끝없이 이어가리라.

애통해하는 용사들의 목소리가 드높았으나, 그중에서도 아르민의 애끊는 탄식 소리가 제일 드높았네. 젊은 나이에 목숨을 잃은 아들이 떠올랐기 때문이리라. 명성이 자자한 갈말의 군주 카르모르가 용사 곁에 앉아 이렇게 물었네. "아르민이 저리 한숨 쉬며 탄식하는 이유가 뭔가? 저리 구슬피 울어야 할 까닭이라도 있는 겐가? 시와 노래가 영혼을 감동시키고 즐거움을 주지 않는가? 시와 노래는 호수에서 계곡으로 피어오르는 은은한 안개에 비견되지. 그 촉촉함이 피어나는 꽃에 생기를 불어넣지만 태양이 떠오르면 안개는 어느새 사라지는 법이라네. 호수로 둘러싸여 있는 고르마의 지배자 아르민이여, 그대는 어찌하여 그리도 애통해하는가?"

"왜 애통해하느냐고! 내가 애통해하는 건 맞지만 내 슬픔의 이유는 그리 사소하지 않네. 카르모르, 그대는 아들을 잃어본 적도, 꽃처럼 아리따운 딸을 잃어본 적도 없지. 용맹한 콜가르는 살아 있고, 세상에서 가장 아리따운 아가씨 안니라도 살아 있으니. 오, 카르모르, 그대 가문의 나무에는 꽃이 피고 있네. 허나 우리 가문은 나 아르민을 끝으로 맥이 끊어졌네. 오, 다우라, 네 잠자리는 얼마나 어두컴컴할까. 무덤 속에서의 잠은 또 얼마나 갑갑할까. 대체 너는 언제쯤 그 아름다운 목소리로 감미로운 노래를 부르며 잠에서 깨어나려 하느냐? 불어라, 가을바람이여! 불어다오! 어두운 황야에 폭풍처럼 휘몰아쳐다오! 계곡물이여, 쏴쏴 힘차게 흘러라! 폭풍우여, 떡갈나무 꼭대기에서 세차게 소리쳐 울어라! 오, 달이여, 구름을 뚫고 나와 시시각각 바뀌는 네 창백한 얼굴을 보여다오! 그래서 내 자식들이 숨을 거둔 그 끔찍한 밤의 기억을 상기시켜다오. 용맹한 장수 아린달이 쓰러지고 사랑스러운 다우라가 세상을 떠난 그 밤 말이다.

나의 딸 다우라여, 너는 참으로 아름다웠노라. 푸라 언덕 위로 떠오른 달처럼 아름다웠고 소복이 쌓인 눈처럼 새하얬으며 우리가 마시는 공기처럼 달콤했노라! 아린달이여, 너의 활은 강했고, 너의 창은 전쟁터에서 재빨리 날아갔으며, 너의 눈빛은 파도 위의 안개 같았고, 너의 방패는 폭풍 속의 불구름 같았도다!"

전쟁에서 명성을 얻은 아르마르가 다우라를 찾아와 구혼하자 다우라는 오래 끌지 않고 그의 구혼을 받아들였네. 두 사람의 친구들이 그들에게 거는 기대 역시 아름다웠네.

허나 오드갈의 아들 에라트가 원한에 사무쳤네. 아르마르의 손에 동생을 잃은 탓이라네. 에라트는 뱃사공으로 변장하고 찾아왔네. 파도에 출렁거리는 그의 나룻배는 아름다웠고, 곱슬머리는 늙어 허연 백발이 되었고, 진지한 얼굴은 평온하였네. "세상에서 가장 아름다운 아가씨, 다우라여." 그가 말했네. "아르민의 사랑스러운 딸이여, 바다에서 그리 멀지 않은 저기 바위 위에서 아르마르가 그대를 기다리고 있소. 나무에 달린 빨간 열매가 어서 오라며 반짝거리는 저곳 말이오. 나는 아르마르의 연인을 파도가 넘실거리는 바다 건너편에 있는 그에게 데려다주러 이렇게 찾아왔소."

그를 따라간 다우라는 아르마르의 이름을 애타게 불렀으나, 바위에 철썩거리는 파도 소리뿐 아무런 대답이 없었네. "아르마르! 사랑하는 님이여! 사랑하는 님이여! 어찌 이리 저를 애태우시나요? 제 목소리가 안 들리나요, 아르나르트의 아들이여! 제발 귀를 기울여줘요. 다우라가 이렇게 그대를 부르고 있어요!"

배신자 에라트는 껄껄 웃으며 육지로 도망쳤네. 다우라는 목청을 높여 아버지와 오라버니의 이름을 불렀네. "아린달! 아르민! 다우라를 구해줄 사람이 아무도 없나요?"

다우라의 목소리는 바다 건너편까지 울려 퍼졌네. 내 아들 아린달이 사냥감을 쫓아 맹렬한 기세로 언덕을 달려 내려갔네. 옆구리에선 화살이 달그락거렸고, 손에는 활이 들려 있었네. 진회색 사냥개 다섯 마리가 그를 에워싸고 내려왔네. 바닷가에서 뻔뻔한 에라트를 발견한 아린달은 그를 붙잡아 떡갈나무에 묶었네. 허리를 어찌나 단단히 묶었던지 결박당한 자의 신음 소리가 바람을 타고 퍼져 나갔네.

아린달은 다우라를 데려오기 위해 파도에 흔들리는 나룻배에 올라탔지. 허나 분노에 사로잡힌 아르마르가 회색 깃털이 달린 화살을 쏘았고, 화살은 빠르게 바람을 가르며 날아가 너의 가슴에 꽂혔네. 오, 나의 아들 아린달! 배신자 에라트 대신 네가 목숨을 잃다니. 나룻배는 바위에 도착했지만 그는 쓰러져 죽고 말았네. 오, 다우라! 네 오라버니의 피가 너의 발까지 흘러갔으니 그 애통함을 어찌 말로 다 할 수 있을까. 파도에 나룻배는 산산조각으로 부서졌네. 아르마르는 다우라를 구하려던 건지 스스로 목숨을 끊으려던 건지 모르겠지만 바다로 뛰어들었네. 그 순간 언덕 위에서 돌풍이 몰아처 파도가 크게 출렁거렸고, 그 바람에 아르마르는 물속에 가라앉아 다시는 떠오르지 않았네.

　나는 파도가 밀려오는 바위에 홀로 서서 내 딸의 통곡 소리를 들었네. 그 크고 애절한 통곡 소리를 들으면서도 아비는 딸을 구하지 못하였네. 나는 밤새 바닷가에 서서 어슴푸레한 달빛 속에 있는 흐릿한 딸아이의 모습을 보고, 그 아이가 울부짖는 소리를 들었네. 사나운 바람이 휘몰아치고 거센 빗줄기가 산기슭에 쏟아졌네. 그런데 동이 트기도 전부터 딸아이의 목소리가 서서히 약해지더니 마치 바위틈에 피어난 풀잎을 스치는 저녁 바람처럼 숨지고 말았네. 나의 딸은 슬픔에 겨운 나머지 이 아비 아르민만 홀로 남겨두고 세상을 떠났다네! 전쟁터를 호령하던 나의 용맹함은 사라졌고, 아가씨들 사이에서 드높던 내 자부심도 무너져버렸네.

　산중에 폭풍이 몰아치면
　북풍에 파도가 세차게 출렁거리면
　나는 울부짖는 바닷가에 앉아
　저 끔찍한 바위를 바라보네
　저무는 달빛 속에서
　종종 내 자식들의 혼령이 보이네
　그들은 어슴푸레한 달빛 속에서

슬픈 모습으로 함께 떠돌고 있다네

로테의 눈에서 폭포수 같은 눈물이 쏟아졌습니다. 눈물을 쏟고 나자 갑갑했던 가슴에 숨통이 좀 트이는 듯했습니다. 그 순간 베르테르가 낭송을 중단하더니 원고를 던져버리고 로테의 한 손을 부여잡은 채 쓰라린 눈물을 흘렸습니다. 로테는 다른 손으로 손수건을 꺼내 눈을 가렸습니다. 벅찬 감동이 두 사람을 사로잡았습니다. 작품에 등장한 고결한 사람들의 운명에서 자신들의 비참한 현실을 느꼈습니다. 두 사람은 마음이 통하는 것을 느꼈고, 똑같이 감동의 눈물을 흘렸습니다. 뜨겁게 달아오른 베르테르의 입술과 눈이 로테의 팔에 닿았습니다. 순간 로테의 온몸에 전율이 흘렀습니다. 팔을 빼려 했으나 고통과 연민이 납덩이처럼 로테를 짓눌러 옴짝달싹할 수 없었습니다. 로테는 심호흡을 하며 마음을 다잡은 뒤 흐느끼면서 낭독을 계속해달라고 애원했습니다. 로테의 목소리는 간절하기 그지없었습니다! 베르테르는 몸이 떨리고 심장이 터질 것 같았으나 원고를 집어 들고 절반쯤 목이 멘 상태로 다시 낭독을 시작했습니다.

봄바람이여, 어찌하여 나를 깨우려 하느냐? "천상의 이슬방울로 당신을 촉촉이 적셔줄게요!"라며 내게 구애라도 하려는 것이냐? 허나 나는 이제 시들어 소멸할 시간이 가까웠노라! 나의 잎사귀들을 죄다 떨어뜨릴 폭풍우가 가까워지고 있구나! 일찍이 내 아름답던 모습을 본 적이 있는 나그네가 내일 찾아올지니. 하지만 아무리 들판을 두리번거리며 찾아봐도 그는 끝내 나를 발견하지 못하리라.

이 시구에 담긴 심오한 의미가 불행한 베르테르를 순식간에 무너뜨렸습니다. 베르테르는 완전히 절망에 사로잡혀 로테 앞에 무릎을 꿇고 앉았습니다. 그리고 그의 두 손을 붙잡아 제 눈과 이마에 가져다댔습니다. 혹시 베르테르가 뭔가 끔찍한 계획을 갖고 있는 게 아닐까 하는 막연한 예감이 문득 로테의 뇌리를 스쳤습니다. 로테는 정신이 아득해진 나머지 베르테르의 두 손을 움켜쥐고 자기 가슴에 가져다 지그시 눌렀습니다. 슬픈 감정에 휩싸인 로테가 저도 모르게 베르테르 쪽으로 몸을 기울이자 뜨겁게 달아오른 두 뺨이 서로 맞닿았습니다. 순식간에 두 사람의 의식에서 주변 세상이 사라져버렸습니다. 베르테르는 두 팔로 로테를 가슴에 꼭 껴안았습니다. 그러고는 말을 더듬으며 떨고 있는 로테의 입술에 격렬한 키스를 퍼부었습니다. "베르테르!" 숨이 막힌다는 듯 로테가 고개를 돌리며 소리쳤습니다. "베르테르!" 로테가 연약한 손으로 베르테르의 가슴을 밀치면서 더없이 고결한 감정이 담긴 목소리로 외쳤습니다. "베르테르!" 베르테르는 그의 말을 거역하지 않고 품에서 놓아준 뒤 정신 나간 사람처럼 로테 앞으로 몸을 던졌습니다. 로테가 자리에서 벌떡 일어서서는 사랑인지 분노인지 모를 감정에 몸을 부르르 떨면서 불안하고 당혹스러운 목소리로 말했습니다. "이게 우리의 마지막이에요! 베르테르! 당신은 이제 다시는 내 얼굴을 보지 못할 거예요." 로테는 사랑이 가득한 눈길로 그 불쌍한 남자를 쳐다본 뒤 황급히 옆방으로 달려가 문을 잠갔습니다. 베르테르는 사라지는 로테를 향해 팔을 뻗었지만 붙잡을 용기는 없었습니다. 소파에 머리를 기댄 채 바닥에 30분쯤 앉아 있던 그는 인기척 소리에 정신이 돌아왔습니다. 식탁을 차리려고 들어온 하인이었습니다. 베르테르는 일어나 방 안을 서성거리다 다시 혼자 남겨졌을 때 옆방 문 앞으로 다가가 나지막하게 그를 불렀습니다. "로테! 로테! 한마디만 할게요. 잘 지내요!" 로테는 아무 말이 없었습니다. 대답을 기다리던 베르테르는 다시 한 번 간청하고 또 기다렸습니다. 그런데도 대꾸가 없자 베르테르는 문에서 멀어지며 외쳤습니다. "잘 지내요, 로테! 영원히 안녕!"

베르테르는 성문 앞에 도착했습니다. 이미 그를 알고 있던 파수꾼들이 아무 말 없이 그를 통과시켜주었습니다. 쏟아지는 진눈깨비를 맞으며 베르테르는 밤 11시쯤 집에 도착해

문을 두드렸습니다. 문을 열어준 하인은 주인의 모자가 사라진 것을 알아차렸습니다. 하지만 주제넘게 나설 일이 아닌 듯싶어 조용히 젖은 옷만 벗겨주었습니다. 그의 몸은 속까지 흠뻑 젖어 있었습니다. 모자는 나중에 골짜기가 내려다보이는 산비탈 바위 위에서 발견되었습니다. 진눈깨비까지 내리는 깜깜한 밤중에 그가 어떻게 미끄러지지도 않고 그곳까지 올라갔는지 이해할 수 없는 일입니다.

베르테르는 침대에 누워 오랫동안 잤습니다. 이튿날 아침 주인의 부름을 받은 하인이 커피를 방으로 가져갔을 때 베르테르는 글을 쓰고 있었습니다. 로테에게 다음과 같은 편지를 쓰고 있었던 것입니다.

마지막으로, 정말 마지막으로 눈을 떴습니다. 아, 내 두 눈은 다시는 태양을 보지 못할 겁니다. 오늘은 안개가 흐릿하게 태양을 가리고 있네요. 자연이여, 슬퍼해다오! 그대의 아들, 그대의 친구, 그대의 연인이 마지막 순간을 향해 다가가고 있노라. 로테, 오늘이 마지막 아침이라고 스스로에게 말하는 기분은 그 무엇과도 비교할 수가 없네요. 마치 꿈을 꾸듯 정신이 몽롱합니다. 마지막 아침이라니! 로테, 그 말의 진정한 의미가 뭔지 모르겠습니다. 지금은 이렇게 힘차게 서 있으나 내일은 사지를 축 늘어뜨리고 바닥에 누워 있을 테죠. 죽음! 대체 그게 무슨 의미일까요? 자, 보세요. 죽음에 대해 이야기할 때 우리는 꿈을 꾸고 있는 겁니다. 나는 죽어가는 사람들을 많이 봤어요. 그러나 인간은 제약이 너무 많은 존재라서 자기 삶의 처음과 끝을 알지 못합니다. 내 몸은 아직 나의 것입니다. 아니 당신의 것입니다! 오, 사랑하는 로테! 당신의 것이 맞습니다! 하지만 우리는 잠시 헤어져 있을 겁니다. 어쩌면 영원히 그럴지도? 아니, 그건 아닙니다, 로테. 내가 어떻게 사라질 수 있겠습니까? 당신이 어떻게 사라질 수 있겠습니까? 우리는 이렇게 엄연히 존재하고 있는데! 사라지다니! 그게 무슨 말도 안 되는 소리인가요? 그건 단지 하나의 단어에 불과합니다. 내 가슴에 아무런 공명도 일으키지 못하는 공허한 울림에 불과합니다. 로테, 죽었다는 것은 차가운 땅에 묻혔다는 뜻입니다. 그 비좁은 곳에! 그 깜깜한 곳에! 암울하던 청춘 시절, 내게 세상 무엇보다 소중했던 여자 친구가 있었습니다. 그가 세상을 떠났을 때 나는 매장이 이루어지는 무덤까지 따라갔었습니다. 일꾼들이 관을 아래로 내린 다음 관을 받치고 있던 밧줄을 풀어 재빨리 다시 위로 끌어올렸습니다. 이어서 누군가 첫 삽을 떠 관 위로 흙을 뿌리자 무섭게도 관 뚜껑에서 둔탁한 소리가 울려 나왔습니다! 소리는 갈수록 희미해졌고 마침내 흙이 관을 완전히 뒤덮었습니다! 그 순간 나는 무덤가에서 쓰러지고 말았습니다. 마음의 동요와 충격으로 정신을 차릴 수 없었습니다. 두려움이 밀려오고, 가슴이 갈가리 찢기는 기분이었습니다. 하지만 내게 무슨 일이 일어난 건지, 또 앞으로 무슨 일이 일어날지는 알지 못했습니다. 죽음이니 무덤이니 하는 말들을 나는 이해할 수 없었습니다.

　오, 나를 용서해줘요! 제발 용서해줘요! 어제 일 말입니다. 차라리 그때가 내 삶의 마지막 순간이었다면 얼마나 좋았을까요. 오, 나의 천사여! 처음으로, 정말 난생처음으로 일말의 의구심도 없이 내 마음 가장 깊은 곳에서 뜨거운 희열이 치솟았습니다. 로테는 나를 사랑해! 로테는 나를 사랑해! 당신 입술에서 흘러나온 성스러운 불꽃은 여전히 내 입술에서 타오르고 있습니다. 내 가슴은 난생처음 경험하는 뜨거운 환희로 터질 듯합니다. 나를 용서해줘요! 제발 용서해줘요!

　아, 당신이 나를 사랑한다는 사실은 이미 알고 있었습니다. 첫 만남에서 보여준 그 다정다감한 눈길과 처음 나눈 악수에서요. 그러나 나는 다시 당신과 떨어져 있고, 알베르트가 당신 옆자리를 차지하고 있는 것을 볼 때면 자꾸 의구심이 생겨 절망에 빠지곤 했습니다.

　전에 당신이 내게 보낸 꽃을 기억하나요? 내게 한마디 말도 못 건네고 악수할 엄두조차 내지 못했던 그 곤혹스러웠던 모임 이후에 말입니다. 나는 거의 한밤중까지 그 꽃 앞에 누릎을 꿇고 앉아 있었답니다. 그 꽃은 내게 당신의 사랑을 확실히 입증해주었죠. 아, 하지만 그런 느낌도 이제 사라져 버렸습니다. 눈으로 확인한 성스러운 징표를 통해 신의 은총을 넘치도록 느꼈던 신앙인의 마음속에서 그 충만했던 감정이 서서히 사라지는 것처럼 말입니다.

참으로 덧없는 일들이지요. 그러나 어제 내가 당신의 입술에서 맛보았고, 지금도 내 가슴속에서 느껴지는 이 생명의 불꽃은 영원히 꺼지지 않을 것입니다! 로테는 나를 사랑해! 나는 이 팔로 그를 얼싸안았고, 떨리는 입술로 그의 입술에 키스했으며, 그의 입술에 내 입술이 닿은 상태로 중얼거렸어. 그는 나의 연인이야! 그래요, 당신은 나의 연인입니다. 로테. 당신은 영원히 나의 연인입니다.

알베르트가 당신 남편이라고 해서 무슨 문제가 되나요? 남편! 그건 지금 이 세상에서나 통용되는 말입니다. 지금 이 세상에서는 내가 당신을 사랑하고 알베르트의 품에서 당신을 빼앗아 오는 것이 죄악일 겁니다. 죄악? 좋습니다. 그렇다면 나는 처벌을 달게 받겠습니다. 그 죄악은 내게 천상의 희열을 맛보게 하였고 생명의 향유와 기운으로 내 가슴을 가득 채워주었으니까요. 그 순간부터 당신은 나의 것입니다! 오, 나의 연인 로테여! 내가 먼저 가 있겠습니다! 나의 아버지한테로! 당신의 아버지한테로! 그곳에 가서 아버지께 내 심정을 하소연하면 당신이 올 때까지 그분이 나를 위로해주실 겁니다. 당신이 오는 날, 나는 달음질치듯 달려가 당신을 맞을 겁니다. 그리고 영생불멸의 존재인 그분 앞에서 당신을 품에 꼭 껴안고 영원히 당신 곁에 머물겠습니다.

지금 나는 꿈을 꾸는 것도, 망상에 빠진 것도 아닙니다! 죽음이 가까워지니 오히려 정신이 더 또렷해집니다. 우리는 영원히 함께할 겁니다. 우리는 꼭 다시 만날 겁니다. 당신 어머니도 만날 겁니다! 꼭 그분을 찾아내어 만날 겁니다. 그리고 그분께 내 심정을 전부 털어놓겠습니다! 당신의 어머니, 당신과 꼭 닮은 그분께.

11시쯤 베르테르는 하인에게 알베르트가 귀가했느냐고 물었습니다. 하인이 알베르트가 말을 타고 가는 것을 보았다고 하자 베르테르는 아래와 같은 쪽지를 써서 봉인하지 않은 채 하인에게 주었습니다. "여행을 계획하고 있는데, 갖고 계신 권총들을 좀 빌려 갈 수 있겠습니까? 안녕히 계십시오!"

그 사랑스러운 부인은 간밤에 잠을 거의 이루지 못했습니다. 내심 우려했던 일이 일어났기 때문입니다. 그것도 전혀 예상하지 못했을 뿐만 아니라 염려한 바도 없는 그런 방식으로. 평소 깨끗하고 순조롭게 흐르던 피가 마치 열병에 걸린 것처럼 뜨겁게 끓어올랐고, 차분하던 마음도 오만 가지 감정들에 휩쓸려버렸습니다. 내가 가슴으로 느낀 감정은 베르테르의 포옹이 일으킨 불길이었을까? 아니면 그가 부린 만용에 대한 불쾌감이었을까? 그것도 아니라면 나 자신에 대한 신뢰 속에 솔직하고 자유롭고 순진무구하게 살아온 지난날과 현재의 처지를 비교했을 때 느낀 불만이었을까? 이제 남편 얼굴을 어떻게 마주하지? 마음에 거리낄 건 전혀 없지만 솔직하게 고백하고 싶지는 않은 장면을 대체 어떻게 털어놓지? 베르테르에 관해서는 오랫동안 서로 침묵을 지켜왔는데 내가 먼저 침묵을 깨야 하나? 하필 시기도 안 좋은 지금 남편이 생각지도 못했을 일을 알려줄 필요가 있을까? 베르테르가 찾아왔었다는 말만 들어도 정색할까 겁이 나는데, 뜻밖에 발생한 불상사를 어떻게 이야기한단 말인가! 이런 상황에서 남편이 나를 올바른 시선으로 봐주고, 아무런 편견 없이 내 말을 믿어줄 거라 기대해도 될까? 남편은 내 마음을 있는 그대로 이해해줄 거라 기대해도 될까? 지금까지 늘 수정처럼 투명하고 자유롭게 대했으며 단 한 번도 감정을 숨긴 적 없고 숨길 수도 없었던 남편에게 아무 일 없었던 것처럼 시치미를 뗄 수 있을까? 로테는 자꾸 이어지는 상념에 마음이 심란했습니다. 그리고 그 생각의 끝은 번번이 베르테르로 이어졌습니다. 베르테르는 이미 로테에게는 잃어버린 존재나 다름없지만 그냥 외면할 수도 없는 존재였습니다. 그러나 안타깝게도 로테는 베르테르를 그 자신에게 맡겨둘 수밖에 없었습니다. 로테를 잃는다면 그에게 아무것도 남지 않는다는 것을 잘 알면서도 말입니다.

로테는 그 순간 뚜렷하게 인지하지는 못했지만 최근 알베르트와 베르테르의 사이가 껄끄러워진 것이 몹시 마음에 걸렸습니다. 누구보다 사려 깊고 선량한 사람들이 별거 아닌 의견 차이 때문에 대화를 기피하더니, 급기야 자신은 옳고 상대방은 틀렸다고 고집을 부리고 있었습니다. 그런 식으로 관계가 계속 꼬이고 뒤틀리다 보니 모든 것이 걸려 있는 중차대한 순간에도 얽힌 매듭을 풀 수 없는 지경에 이른 것입니다. 그 두 남자가 좀 더 일찍 서로에 대한 신뢰를 회복하고 행복한 마음으로 서로에게 다가갔더라면, 또한 마음의 문을 활짝 열어 서로에게 사랑과 관용을 베풀었더라면 아마 우리의 친구를 구했을지도 모르겠습니다.

여기에 특별한 사정이 하나 더 있었습니다. 그가 쓴 편지들에서도 알 수 있듯이 베르테르는 죽음에 대한 동경을 공공연하게 표출했습니다. 그런 열망을 드러내는 베르테르에게 알베르트는 종종 이의를 제기했으며, 로테하고도 몇 번 그 문제를 화제에 올린 적이 있었습니다. 알베르트는 기본적으로 자살 행위에 강한 거부감을 갖고 있던 터라 그 이야기가 나오면 평소의 그답지 않게 극도로 신경이 예민해져서는 베르테르가 진지하게 자살을 고민하는지 의심이 든다고 말해왔습니다. 심지어 로테한테 조롱하는 듯한 말투로 베르테르의 말에서 전혀 신빙성이 느껴지지 않는다고 말하기도 했습니다. 이런 발언은 생각이 극단적인 장면으로 치달을 때 마음을 진정시켜주는 효과가 있었지만, 다른 한편으로는 지금 이 순간 로테로 하여금 고민거리를 남편에게 털어놓는 것을 주저하게 만들었습니다.

알베르트가 귀가하자 로테는 당황해 허둥지둥 남편을 맞이했습니다. 알베르트는 표정이 안 좋았습니다. 이웃 마을 관리가 성격이 꼬장꼬장하고 옹졸한 사람이라 일을 제대로 마무리 짓지 못했기 때문입니다. 게다가 돌아오는 길까지 진흙탕 길이라서 잔뜩 짜증이 나 있었습니다.

알베르트가 집을 비운 사이 별일 없었느냐고 묻자 로테는 다급한 목소리로 어젯저녁에 베르테르가 다녀갔다고 말했습니다. 이어서 우편물을 찾는 알베르트에게 편지 한 통과 소포 몇 개를 그의 방에 가져다놓았다고 대답했습니다. 알베르트는 로테를 혼자 남겨두고 자신의 방으로 건너갔습니다. 로테는 사랑하고 존경하는 남편이라는 존재가 새삼 마음에 깊이 와 닿았습니다. 그의 고결한 품성과 사랑, 선량함이 떠오르면서 마음이 한결 편안해졌습니다. 왠지 남편을 따라가 봐야 할 것 같은 기분이 들어 로테는 평소처럼 일거리를 챙겨서 그의 방으로 들어갔습니다. 남편은 소포를 뜯고 편지를 읽느라 정신이 없었습니다. 그리 반갑지 않은 내용들도 있는 듯했습니다. 아내가 이것저것 물어보자 그는 짧게 대답한 뒤 책상에 앉아 뭔가를 쓰기 시작했습니다.

두 사람은 한 시간쯤 그렇게 앉아 있었습니다. 시간이 흐를수록 로테는 마음이 어둡게 가라앉았습니다. 남편의 기분이 최고조에 있다 해도 이 순간 로테의 고민거리를 털어놓는 일이 얼마나 어려운지 알고 있었기 때문입니다. 로테는 기분이 처량해졌습니다. 애써 그런 기분을 감추고 눈물을 억누르려 할수록 마음은 더 불안하고 초조해졌습니다.

베르테르 하인의 등장은 로테를 극도의 당혹감에 빠뜨렸습니다. 하인한테서 쪽지를 건네받은 알베르트는 아내를 돌아보며 태연하게 말했습니다. "그에게 권총을 내주세요." 이어서 하인에게 말했습니다. "여행 잘 다녀오시라고 전해다오." 로테는 날벼락 같은 소리에 화들짝 놀랐습니다. 자리에서 일어서려는데 다리가 휘청거렸고, 지금 무슨 일이 일어나고 있는지도 모를 만큼 정신이 혼미했습니다. 로테는 천천히 벽 쪽으로 걸어가 떨리는 손으로 권총을 꺼냈습니다. 그리고 먼지를 닦아낸 다음에도 여전히 망설였습니다. 알베르트가 의심스러운 눈길로 재촉하지 않았더라면 아마 한참을 더 망설였을 것입니다. 로테는 하인에게 아무 말도 못 한 채 그 불길한 물건을 건넸습니다. 하인이 돌아가자 로테는 주섬주섬 일감을 챙겨 자신의 방으로 돌아갔습니다. 아주 끔찍한 일이 일어날 것 같은 예감에 마음이 불안해 미칠 것 같았습니다. 지금 당장 남편 발 앞에 엎드려 어젯저녁의 일과 자신의 잘못과 불길한 예감에 대해 전부 털어놓고 싶었습니다. 그러나 그래봤자 아무 소용없을 거라는 사실을 깨달았습니다. 베르테르를 찾아가보라고 남편을 설득할 자신이 없었습니다. 그러는 사이에 저녁식사 시간이 되었습니다. 뭔가 물어볼 게 있다며 잠시 집에 들른 마음씨 착한 여자 친구가 식사 시간까지 그대로 머물러준 덕분에 식탁의 분위기는 그럭저럭 참을 만했습니다. 로테는 애써 마음을 다잡고 이런저런 대화를 나누면서 그 일을 잊으려 노력했습니다.

하인이 권총을 갖고 돌아왔습니다. 그에게서 로테가 직접 권총을 건네줬다는 말을 들은 베르테르는 감격하며 권총을 받아 들었습니다. 그는 빵과 포도주를 가져오도록 한 뒤 식사를 하라며 하인을 내보냈습니다. 그리고 책상에 앉아 편지를 쓰기 시작했습니다.

권총이 당신의 손을 거쳐 내게로 왔습니다. 총에 묻은 먼지도 당신이 직접 닦아냈겠죠. 나는 권총에 수천 번 입을 맞췄답니다. 당신의 손길이 닿은 물건이니까요! 그대, 하늘의 영혼이시여! 그대가 나의 결심을 격려해주는군요. 로테, 당신의 손으로 직접 죽음을 건네주기를 꿈꿔왔는데, 정말 이렇게 당신한테서 죽음의 도구를 건네받게 될 줄이야. 내 소원이 이루어졌습니다. 오, 나는 하인한테 그 상황을 자세히 물어봤습니다. 당신은 권총을 건네줄 때 몹시 떨었다더군요. 내게 전해주라는 한마디 작별인사조차 없었고요! 아, 이렇게 슬플 수가! 작별인사조차 없었다니요! 나를 향한 마음의 문을 완전히 닫아버린 건가요? 나를 영원히 당신한테 붙잡아맨 그 순간 때문에? 로테, 천년의 세월이 흘러도 그때의 감동은 결코 사라지지 않을 겁니다! 또한 오로지 당신한테만 마음이 불타오르는 나를 당신이 결코 미워할 리 없다는 것도 잘 알고 있습니다.

식사를 마친 베르테르는 하인에게 짐을 하나도 빠뜨리지 말고 잘 챙겨두라고 일렀습니다. 그러고는 각종 서류들을 찢어버린 다음 남아 있는 소소한 빚을 청산하기 위해 외출했다 돌아왔습니다. 하지만 그는 비가 내리는데도 다시 밖으로 나가 성문 밖에 있는 백작의 정원으로 향했습니다. 베르테르는 정원과 그 근처를 배회하다가 날이 어둑어둑해지자 집으로 돌아와 다시 편지를 썼습니다.

빌헬름, 마지막으로 들판과 숲과 하늘을 보고 왔어. 너도 잘 지내길 바라! 어머니, 부디 저를 용서해주세요! 빌헬름, 내 어머니 좀 위로해드려! 너희들 모두에게 신의 가호가 함께하기를! 내 물건들은 전부 잘 정리해뒀어. 모두 잘 있어! 우린 다시 만날 거야. 더 기쁜 모습으로.

알베르트, 당신한테 못 할 짓을 저지른 나를 용서해주십시오. 나는 당신 가정의 평화를 방해하고, 두 사람 사이에 의심의 싹을 틔웠습니다. 안녕히 계십시오. 나는 이제 삶을 끝내려 합니다. 오, 나의 죽음으로 당신들 부부가 행복해지기를 바랍니다! 알베르트! 알베르트! 그 천사 같은 여인을 꼭 행복하게 해주십시오! 신의 은총이 항상 당신과 함께하기를!

베르테르는 그날 저녁에도 온갖 서류들을 정리했습니다. 대부분 찢어서 난로 속에 던져 넣었고, 몇몇 서류는 봉인한 뒤 빌헬름의 주소를 적었습니다. 그 소포에는 짧은 수필들과 단편적인 생각들이 담겨 있었는데, 그 가운데 몇 편은 나도 읽어보았습니다. 베르테르는 정각 10시에 하인을 불러 난로의 불을 더 지피고 포도주를 한 병 가져오도록 한 뒤 이제 그만 잠자리에 들라고 일렀습니다. 하인의 방은 다른 관리인들 처소와 마찬가지로 집 뒤쪽에 멀찍이 떨어져 있었습니다. 하인은 새벽에 일찍 일어나 주인의 시중을 들기 위해 옷을 입은 채 잠자리에 들었습니다. 주인이 역마차가 6시 이전에 집 앞에 도착할 것이라고 말했기 때문입니다.

11시 이후

주위가 참으로 고요합니다. 더불어 제 마음도 아주 평온합니다. 마지막 순간에 제게 이 같은 온기와 힘을 내려주신 하느님, 감사합니다.

내 소중한 이여, 창가로 다가가 밖을 내다보니 사나운 기세로 몰려가는 구름들 사이로 무한히 펼쳐진 하늘의 별들이 언뜻언뜻 보입니다! 그래, 너희는 절대 땅으로 떨어지는 일이 없을 거야! 영원하신 하느님께서 너희를, 또 나를 가슴에 꼭 품어주실 테니까. 지금 큰곰자리의 북두칠성을 보고 있습니다. 내가 제일 좋아하는 별자리지요. 한밤중에 그대와 헤어져 대문 밖으로 걸어 나올 때면 저 별이 늘 나를 내려다보고 있었습니다. 나는 행복에 도취되어 그 별자리를 올려다보곤 했습니다. 가끔은 그 별자리가 현재의 내 행복을 입증하는 성스러운 징표 같아 두 손을 쭉 뻗어보곤 했습니다! 오, 로테, 지금도 그래요. 주위의 어느 것을 둘러봐도 그대가 떠오릅니다! 그대가 나를 완전히 에워싸고 있는 셈이지요! 그대의 고결한 손길이 닿은 것은 아무리 사소한 것이라도 어린아이처럼 닥치는 대로 끌어모았으니 어찌 안 그렇겠습니까!

사랑하는 그대의 실루엣! 이 그림을 당신에게 돌려드릴 테니, 부디 소중하게 간직해주십시오, 로테. 그 그림에 나는 수천 번도 넘게 입을 맞췄고, 외출할 때나 외출에서 돌아왔을 때면 수천 번도 넘게 손을 흔들어 인사했습니다. 당신 아버님께 내 시신 수습을 부탁드리는 짧은 서신을 남겼습니다. 들판이 바라다보이는 교회 묘지 뒤편 구석에 보리수나무 두 그루가 서 있는데, 나는 그곳에 잠들고 싶습니다. 당신 아버님께서는 친구를 위해 그 정도는 해주실 수 있고, 또 그리해주실 거라 믿습니다. 당신도 한 번 더 아버님께 부탁드려주기 바랍니다. 하지만 독실한 기독교인들이 이 가련하고 불쌍한 인간 옆에 그들의 육신을 눕히기를 바라는 것은 무리한 욕심이겠지요. 그럼 차라리 나를 길가나 외진 골짜기에 묻어주십시오. 지나가던 사제나 레위 사람들은 내 이름이 적힌 묘석 앞에서 성호를 긋고, 사마리아인은 눈물을 흘릴 수 있도록 말입니다.

보세요. 로테! 내게 죽음의 환희를 안겨줄 이 섬뜩하게 차가운 잔을 움켜쥐는데도 손이 전혀 떨리지 않습니다! 당신이 건네준 잔이니 나는 주저하지 않을 겁니다. 모든 것! 모든 것! 이로써 정말 내 인생의 모든 소망과 희망이 이루어졌습니다! 그러니 나는 이제 죽음의 청동 문을 아주 냉철하게, 아주 완강하게 두드릴 겁니다.

나는 당신을 위해 죽는 행운을 누릴 수 있기를 간절히 바랐습니다! 로테, 당신을 위해 나를 희생할 수 있기를 바랐습니다! 당신에게 삶의 평온과 기쁨을 되돌려줄 수만 있다면 기꺼이 내 목숨을 바치고 싶었습니다. 아, 그러나 소중한 사람들을 위해 피를 흘리고 목숨을 바침으로써 그들로 하여금 몇 배나 더 새로운 삶을 살도록 하는 기회는 몇몇 고결한 사람들한테만 주어지더군요,

로테, 나는 당신의 손길이 닿아 깨끗이 정화된 이 옷을 입은 채 땅에 묻히고 싶습니다. 당신 아버님께도 이미 그렇게 해주십사 요청해놓았습니다. 나의 영혼이 관 위를 떠돌며 내려다보고 있을 테니 부디 사람들이 내 호주머니를 뒤져보는 일은 없도록 해주십시오. 이 연분홍색 리본은 당신을 처음 본 날 동생들한테 둘러싸여 있던 당신의 가슴에 달려 있던 것입니다. 오, 그 아이들에게 수천 번 입을 맞추고, 이 불쌍한 친구의 운명에 대해 이야기해주십시오. 사랑스러운 아이들! 그들은 늘 내 주위에서 북적거리며 놀았죠. 아, 당신과 이토록 단단한 인연으로 묶이게 될 줄은 미처 몰랐습니다! 처음 본 순간부터 나는 당신한테서 벗어날 수가 없었습니다!

부디 내 생일날 당신이 선물해주었던 이 리본도 같이 묻어주십시오! 이 모든 것에 내가 얼마나 애착을 가졌는지 모를 겁니다! 아, 나의 행로가 이렇게 끝나게 될 줄은 상상도 못 했습니다. 그래도 걱정하지 마세요. 제발 부탁이니, 마음을 진정하십시오!

총알은 장전해놓았습니다. 12시를 알리는 종이 울리는군요. 드디어 때가 되었습니다! 로테! 로테, 잘 있어요! 안녕!

이웃집 누군가가 화약이 번쩍이는 것도 보고 총성도 들었습니다. 하지만 금세 주변이 조용해지자 더 이상 신경 쓰지 않았습니다.

이튿날 새벽 6시에 하인이 등불을 들고 방에 들어갔다가 주인이 바닥에 쓰러져 있는 것을 발견했습니다. 옆에 총이 떨어져 있고 바닥에는 피가 흥건했습니다. 하인은 비명을 지르며 주인의 몸을 흔들어봤지만 아무런 대답 없이 그저 목에서 그르렁거리는 소리만 들렸습니다. 하인은 의사와 알베르트를 데려오기 위해 밖으로 뛰어갔습니다. 초인종 소리를 듣는 순간 로테는 온몸에 전율이 흘렀습니다. 그는 남편을 깨워 함께 잠자리에서 일어났습니다. 베르테르의 하인이 큰 소리로 울먹이면서 더듬더듬 소식을 전하자 로테는 의식을 잃고 알베르트 앞에 쓰러졌습니다.

의사가 도착했을 때 불쌍한 베르테르는 이미 살아날 가망이 전혀 없는 상태로 바닥에 쓰러져 있었습니다. 맥박은 뛰고 있었으나 사지는 완전히 마비된 상태였습니다. 오른쪽 눈 위쪽을 뚫고 들어간 총알이 머리를 관통하는 바람에 뇌수가 밖으로 터져 나와 있었습니다. 의사는 소용없는 짓인 줄 알면서도 혈관을 째고 피를 뽑아냈습니다. 피가 흐르자 베르테르가 힘겹게 숨을 쉬었습니다.

안락의자 등받이에 피가 묻어 있는 것으로 볼 때 베르테르는 책상 앞에 앉아 자살을 결행한 것으로 추정됩니다. 그러고는 앞으로 고꾸라져 의자 주위에서 경련을 일으키며 뒹굴었던 듯합니다. 그는 탈진한 상태로 창문 쪽에 머리를 두고 바닥에 드러누워 있었습니다. 그는 옷을 제대로 갖춰 입고 가죽 장화도 신고 있었습니다. 푸른색 연미복에 노란색 조끼를 받쳐 입은 차림이었습니다.

그 집과 이웃들은 물론이고 도시 전체가 큰 혼란에 빠졌습니다. 알베르트가 베르테르의 방으로 들어왔습니다. 그때는 이미 사람들이 베르테르를 침대에 눕히고 이마에는 붕대를 감아놓은 뒤였습니다. 안색은 이미 죽은 사람이나 마찬가지였고, 사지는 전혀 움직이지 않았습니다. 그르렁거리면서 끊어질 듯 말 듯 겨우 숨을 이어가고 있었는데, 목숨이 얼마 남지 않아 보였습니다.

베르테르는 포도주를 딱 한 잔 마신 듯했습니다. 그리고 책상 위에는 『에밀리아 갈로티』(독일 극작가 고트홀트 레싱의 비극. 미모의 처녀 에밀리아는 영주의 간계로 약혼자가 살해되고 영주의 정욕에 희생될 위기에 처하자 정절을 지키고 영원한 자유를 얻기 위해 부친에게 부탁하여 그의 손에 죽는다-옮긴이)가 펼쳐져 있었습니다.

알베르트가 얼마나 경악했는지, 로테가 얼마나 비탄에 잠겼는지는 말하지 않겠습니다.

비보를 접한 늙은 행정관은 부리나케 말을 타고 달려왔습니다. 그는 뜨거운 눈물을 하염없이 흘리며 죽어가는 베르테르에게 입을 맞췄습니다. 그의 장성한 아들들이 아버지를 뒤따라왔습니다. 그들은 슬픔을 가누지 못한 채 침대 옆에 무릎을 꿇고 베르테르의 손과 입술에 입을 맞췄습니다. 베르테르가 평소 제일 아꼈던 맏아들은 그의 숨이 멎은 후에도 입술에서 떨어지려 하지 않는 바람에 억지로 떼어놓아야 했습니다. 베르테르는 낮 12시 정각에 숨을 거두었습니다. 행정관이 그곳에 머물면서 후속 조처를 취했기 때문에 별다른 소란은 없었습니다. 행정관의 지시로 베르테르는 밤 11시경에 그가 원했던 장소에 매장됐습니다. 늙은 행정관과 그의 아들들은 시신을 따라갔으나 알베르트는 그러지 못했습니다. 로테의 안위가 걱정됐기 때문입니다. 시신 운구는 일꾼들이 맡았으며 성직자는 단 한 명도 동행하지 않았습니다.

W 윌북 클래식
첫사랑 컬렉션

젊은 베르테르의 슬픔

펴낸날 초판 1쇄 2022년 7월 20일

지은이 요한 볼프강 폰 괴테

옮긴이 강명순

펴낸이 이주애, 홍영완

편집장 최혜리

편집4팀 박주희, 장종철, 이정미

편집 양혜영, 박효주, 유승재, 문주영, 홍은비, 강민우, 김하영, 김혜원

마케팅 김예인, 최혜빈, 김태윤, 김미소, 김지윤, 정혜인

디자인 박아형, 윤소정, 기조숙, 김주연, 윤신혜

해외기획 정미현

경영지원 박소현

도움교정 황현주

펴낸곳 (주)윌북 출판등록 제2006-000017호 주소 10881 경기도 파주시 회동길 337-20

전화 031-955-3777 팩스 031-955-3778

홈페이지 willbookspub.com 전자우편 willbooks@naver.com

블로그 blog.naver.com/willbooks 포스트 post.naver.com/willbooks

페이스북 @willbooks 트위터 @onwillbooks 인스타그램 @willbooks_pub

ISBN 979-11-5581-494-9 04850

　　　979-11-5581-430-7(세트)

- 책값은 뒤표지에 있습니다.
- 잘못 만들어진 책은 구입하신 서점에서 바꿔드립니다.